徳間文庫

無言殺剣

柳生一刀石

鈴木英治

徳間書店

目次

第一章

一

のんびりと草を食《は》んでいた親子らしい二頭の鹿が、なにかの気配を察したように不意に首を伸ばしてこちらを見た。

なんでもないことを覚《さと》ったか、子のほうはすぐに下を向いて、新たな草を探しはじめた。母鹿はしばらく強い眼差しをあたりに放っていたが、ようやく警戒を解き、子にならうようにして草を嚙みはじめた。

その背後に人影が見えている。一本の大木に寄り添うように立っていた。

夕闇の気配がじんわりと染みだすように迫ってくるなか、顔は見わけがたくなっているものの、それが誰なのか、伊之助《いのすけ》は考えるまでもなくわかっている。

音無《おとなし》の旦那は、と思った。気をつかってくれているんだな。

十間近くをへだててずっとついてきてはいるものの、黙兵衛《もくべえ》がそこにいることを、ときに失念することがある。黙兵衛は、できる限りおのれの気配を消すことに、心を配ってくれているのだ。

黙兵衛は用心棒をつとめているのだろう。黙兵衛自身、敵だらけで、命を狙われ続けているその片腕といっていい存在の伊之助は、殺してしまえば黙兵衛を屠《ほふ》れると踏んだ者たちに襲われ、これまで何度か命を失いかけた。ここ奈良で同じことが起きないように黙兵衛は考えてくれているのだ。

ありがてえなあ。

感謝してもし足りないが、それでも黙兵衛のことを気持ちの外に押しだしてしまう最も大きな理由は、そばに初美《はつみ》がいるからだ。

心が弾んで仕方ない。思い切り抱き締めたいが、黙兵衛以外にも人目があり、腹と腕に力をこめることで、伊之助はぐっとこらえている。

でももう一度、味わいたいなあ。

伊之助はうっとりと、昨日のことを思いだした。

確かに初美さんは、この腕のなかにいたんだよなあ。

やわらかくて、あたたかくて、春の野原に咲く花のようなにおいがした。

今も初美からは、そのにおいがほんのりと漂ってきている。

伊之助は大きく呼吸をし、存分に吸いこんだ。

ああ、うめえなあ。それにしても、初美さんに奈良で会えるなんて、本当に夢みたいだなあ。

極楽にいるような気分だ。朝餉《あさげ》のあと、逗留先《とうりゅうさき》である明巌院《みょうごんいん》を出てきてから、上質の布団を踏んでいるかのように、歩いていても足許《あしもと》がふらふらしっぱなしである。

このままずっと一緒にいられたら、どんなにいいだろう。

伊之助は目を閉じ、この瞬間が少しでも長く続くことを祈った。

昨日の夕方、人けのない柳生《やぎゅう》街道で、黙兵衛は手練《てだれ》の侍と対決した。決着は、ほんの一瞬でついた。黙兵衛の仕掛けに侍が応え、さらに黙兵衛が応じ返して侍を倒したのだ。

かろうじて勝利を得たものの、黙兵衛は疲れ果てていた。しっかりと地面を踏むことができず、支えないと立っていることができないほどだった。

心身のありったけの力を注いだのが、ただ二人の勝負を見守るだけだった伊之助にも、まるで自分が対決をしていたかのようにはっきりとわかった。

おびただしい血を流して侍が息絶えた直後、侍の子と思える若侍が飛びだして黙兵衛に斬りかかった。危うかったが、その危機は黙兵衛の手から刀を奪うようにした伊之助が若侍の腰のあたりを斬ったことで、避けることができた。

決して浅くない傷を負いながらも若侍は黙兵衛を討とうとする姿勢を崩さなかったが、伊之助が容赦なく刀をつかったことで次々に傷が増えてゆき、さらに休雲《きゅううん》が背後から生け捕りにしようとしたことで、黙兵衛の命を断つことをついにあきらめ、柳生街道を駆けだしていった。

どうして追っていかなかったのかと、今、思いだすと歯噛みしたくなるほどだが、あのときは若侍が背中を見せたことに、伊之助は安堵《あんど》したのだ。へたりこむのを我慢するのが精一杯だったのである。

その帰路、倒した侍とはどういう関係だったのか、黙兵衛はていねいに説明してくれた。

黙兵衛はもともと奈良の生まれだが、奈良奉行所の与力だった父親の菅郷左衛門《すがごうざえもん》が柳生新陰流《しんかげりゅう》の遣い手だったこともあり、非番のたびに柳生の里に連れていってもらっていたのだという。だから、黙兵衛が柳生新陰流を遣うのは当然だった。

あの侍は岡西佐久右衛門《おかにしさくえもん》といい、柳生の家中でもきっての剣客として知られており、柳生の正木坂《まさきざか》道場で黙兵衛は何度も立ち合ったことがあるという。その頃はほとんど勝利を得ることができなかったが、昨日に限ってはどうしてか勝てる気がしていたとのことだ。

しかし実をいえばやりたくなかった、と黙兵衛は本音を吐露した。

その気持ちは伊之助にもわかる。岡西佐久右衛門との稽古を通じて、黙兵衛は鍛えに鍛えられて、強くなっていったにちがいないのだ。

佐久右衛門に、かわいがられていたのでもあるまいか。佐久右衛門は兄弟子だったのだろうが、むしろ恩師に近い存在だったのではないだろうか。

おいらと音無の旦那みたいだったのではあるまいか。かといって自分に黙兵衛を討てる日がくるはずがない。討つ気もない。

なぜ岡西佐久右衛門は黙兵衛の命を狙ったのか。水野忠秋《みずのただあき》の命なのか。

佐久右衛門は柳生家の家中の士ということだから、柳生の殿さまに命じられたのかもしれない。柳生の殿さまに水野の息がかかっているのか、伊之助は知らないが、いずれにしても、佐久右衛門はその命に抗することはできなかったにちがいない。侍としてやらねばならぬ、と黙兵衛との対決前に自らにいいきかせるようにはっきりと口にしたのが、そのことを如実にあらわしている。

きっと佐久右衛門さんも、といま思えばむしろ安らかに感じられた死顔を伊之助は思い起こした。音無の旦那との対決はやりにくかったのだろう。

まさかおまえだったとはな、とも黙兵衛の顔を見て佐久右衛門はいったが、それは弟弟子だった男があらわれたことに対する驚きよりも、黙兵衛とやり合わなければならないことを忌避したいとの気持ちがより強く出た言葉ではなかったのか。

薄情なようだが、と伊之助は思った。死んでしまった佐久右衛門のことよりも、気になるのは、佐久右衛門のせがれと思える若侍のことだ。

生きているのか。

生きていてほしい。

伊之助は強烈に願った。これまでに人を一人、殺してしまっている。江戸でのことで、梅重寺《ばいちょうじ》という寺に黙兵衛や初美らと滞在していたとき、黙兵衛の命を狙って忍びこんできた侍を、殺す気などなかったのに、黙兵衛との稽古の流れのような気分になって刀を振るい、殺《あや》めてしまった。

あのときは、俺はなんてことをしてしまったのだろう、と痛烈に思った。その場で死にたくなるほどだった。人でなくなったような気がし、人をやめたくなるような気持ちを抱いたものだ。

今は、二度と人殺しをするまいと誓うことで、あのときの気持ちを抑えこんでいるが、考えてみれば、昨日、若侍の攻撃から黙兵衛を助けようとしたとき、そんなことはすっかり忘れていた。音無の旦那を守りたいという気持ちだけでひたすら刀を振っていたが、下手をすれば、また殺してしまうところだった。

あの若侍には、なんとしても生きていてほしい。

頼むから、生きていてくれ。いや、きっと生きているはずだ。俺が与えた傷など、たいしたことないだろう。

伊之助としては、そう思いたかった。それに、なにしろあの若さなのだ。傷など吹き飛ばしてくれるだろう。

でも、元気になったらなったで、と伊之助は続けて思った。父の仇《かたき》ということで、音無の旦那を狙うのだろうか。侍という生き物は、命尽きるまで仇を追いかけるものだ、ときいたことがある。

あの若侍が黙兵衛を狙い続けるつもりでいるのなら、今度こそ若侍の命はなかろう。

黙兵衛が容赦ないということではなく、侍というものはそうと決めればためらいなく人を斬るものであるのを、黙兵衛と長いときをすごして伊之助はわかるようになっていた。

「どうしたんですか」

やさしげな初美の声が届く。伊之助は目をあけた。

すぐそばに初美の顔がある。伊之助はごくりと息をのんだ。

うぅ、なんてかわいいんだろう。たまらねえや。

腕を伸ばし、頰に触れたい思いに駆られたが、なんとか抑えこんだ。それだけで汗をかくくらい、力をつかう。

初美はそんな伊之助の気持ちを知ってか知らずか、じっと見つめ、穏やかにほほえんでいる。

大きな目はきらきらと輝いて、黒目が太陽なのではないか、と思えるくらいまぶしい。鼻筋が通っているが、頰はふっくらと丸い。だが、それは初美の性格の穏やかさをあらわしているにすぎない。顎《あご》の線はすっきりとして、肌は絹のように滑らかだ。

桃色の唇はやわらかにふくらみ、見ていると目が釘づけになってしまう。自分の唇を寄せたくなる衝動にあらがうのに苦労したが、伊之助は前に出ようとした顔を、なんとかうしろに押し戻した。

初美から目をはずして深く呼吸し、心を落ち着ける。

昨日、黙兵衛とともに明厳院に帰った伊之助を初美は待ち構えていて、伊之助が式台にあがった途端、鞠《まり》のように飛びついてきたのだ。

ああ、あれはよかったなあ。

伊之助は再び思った。昨日のうれしさは、生涯忘れることはないだろう。

やっぱりもう一度、抱き締めてえよお。

伊之助はちらりと初美を見た。まともに目が合い、どきりとした。

初美は興味深げに伊之助を見ていた。伊之助はたまらず顔を赤くした。照れ隠しに小さく咳払《せきばら》いする。

「いや、ちょっと昨日のことを考えていたんだよ」

正直に告げる。初美に隠しごとはしたくない。

初美が、伊之助を案ずるように眉根を寄せる。

「昨日のことというと、黙兵衛さんを助けるために傷をつけた若いお侍のことね」

初美がうつむき、考えに暮れる。

「伊之助さんは、その若いお侍には元気になってほしいけど、そうなると、お父上の仇として黙兵衛さんを狙い続けることを案じているのね」

よくわかるなあ、と伊之助は感嘆した。さすがに初美さんだ。めぐりがいいや。こういうのも血が関係しているのかなあ。

なんといっても、初美さんは公家の娘なんだから。おいらみたいなやくざ者の三男とはちがうに決まっているさ。

伊之助は深くうなずいた。

「初美さんのいう通りだよ」

初美が目をあげ、正面を見つめた。木々の緑を鮮やかに映す猿沢池《さるさわのいけ》の向こうに、興福寺《こうふくじ》の五重塔が建っている。木々にさえぎられる形で五重塔は上半分ほどしか見えないが、高さと壮麗さは隠しようがない。大きく傾いた太陽にほんのりと照らされて、五重塔や木々だけでなく、猿沢池沿いに立つ柳も橙色《だいだいいろ》に染められつつある。

「きれい」

初美が心を奪われた様子でいう。

「本当だね」

でも初美さんも負けてないよ、と伊之助はいいたかった。いや、初美さんのほうがずっときれいだよ。

「どうかしましたか」

初美に同じことを再びきかれ、伊之助は我に返った。また初美に見とれていたことを知った。

「初美さん、お茶のおかわりをもらうかい」

声がかすれたが、初美は気づかない顔をしてくれた。

「伊之助さんは」

「うん、ちょっと喉が渇いている」

「じゃあ、いただこうかしら」

初美が茶店の小女を呼び、茶を二つ注文した。ありがとうございます、といって小女が去ってゆく。

「黙兵衛さん、疲れないかしら」

初美が案じ、黙兵衛が立っている大木のほうに目を転じた。

「あれ、いない」

「あっ、ほんとだ」

伊之助はすばやく目で探した。

「あそこですよ」

腕をあげて、さっと指さす。初美より先に探しだせたことが、なんとなく誇らしかった。男のつとめを果たせたような気持ちになっている。

目の動きが以前より格段にはやくなっているのは、黙兵衛が厳しく剣の稽古をつけてくれたおかげだろう。

「よかった」

初美が黙兵衛の姿を認め、ほっと胸をなでおろす。黙兵衛は場所を動いて、今は猿沢池のほとりの柳の木のそばに立っている。水面《みなも》に顔を向けているが、こちらを気にかけてくれているのはわかる。

「なにもなかったんですね」

初美の言葉に、伊之助は笑った。笑い声が大気のなかに吸いこまれてゆくのが、見えるようだ。澄んだ空には一片の雲もなく、まるで秋のように高く感じられる。風はやや湿り気を帯びているが、肌や着物にべたっとくるようなものはなく、ゆったりとくつろぐのには最高の日和《ひより》といっていい。

「なにがおかしいんですか」

初美が頰をふくらませる。そんな表情もかわいすぎるほどだ。

「だって、音無の旦那をなにかできるような者は、この世に果たしているのかどうか」

「ああ、そうですね」

初美が肩の力を抜いた。急に童女になったように見える。

この人は、と伊之助は思った。俺が必ず守ってやらなきゃな。

茶のおかわりがきた。伊之助たちは喉を潤した。

「ああ、おいしい」

初美がまた黙兵衛に眼差しを投げた。

「黙兵衛さんも飲めばよいのに。喉が渇かないのかしら」

「そうだね」

伊之助は相づちを打った。

実際のところ、これまでも何度か伊之助は黙兵衛を誘っているのだ。しかし、黙兵衛は頑として首を縦に振らなかった。伊之助と初美の逢い引きを邪魔したくないと強く思っているようだ。

もしかしたら音無の旦那は、と伊之助は思った。今のうちに初美と存分に楽しんでおけ、といいたいのかもしれない。

となると、これからさらなる試練が待ち受けているということか。いったいどんな苦難なのだろう。これまでにない厳しさなのか。

そう考えるとぞっとするが、伊之助の心のどこかに、来るならきてみろ、必ず乗り切ってやると、むしろ楽しみにしている自分がいる。

これも成長の証《あかし》か。

伊之助は、猿沢池の水面に青い葉が落ちるのを見た。風にゆっくりと流されてゆく。そのさまは、これから湊《みなと》を出ようとする船のようだ。

「伊之助さん」

初美に呼ばれ、伊之助は顔を向けた。

「猿沢池の由来を知っていますか」

「由来ですかい」

知らない。伊之助はそのことを告げた。

「物知りの伊之助さんでも知らないことがあるんですね」

前に、黙兵衛に同じようなことをいわれたのを伊之助は思いだした。

「あっしが物知りだなんて、そんなことはまったくありませんよ。世の中、知らないことだらけですからね」

「私も同じです。でも猿沢池のいわれは、父からきいて知っています」

初美の父親は堀《ほり》泉《いずみ》季綱《すえつな》といい、京の公家だった。京に屋敷があったが、三年前、水野忠秋の手の者によると思える襲撃を受け、家人もろとも殺された。

惨殺の証拠を消すために屋敷には火がかけられたが、初美だけは命からがら逃げだし、屋敷の外にいた休雲に助けられて東海道をくだり、江戸の善照寺《ぜんしょうじ》で三年の月日をすごしたのである。休雲がそこにいたのはたまたまではなく、郡上《ぐじょう》の照月寺《しょうげつじ》の住職である慈寛和尚《じかんおしょう》の指示によるものだった。

慈寛は親しいつき合いのあった季綱が以前、危ういことに手を染めていたことを知っており、そのために堀泉屋敷周辺を休雲に張らせていたのだ。

昨夜、伊之助は慈寛に文を書いた。無事に初美に会えたから安心してほしい、という内容だ。

今日、飛脚を頼んで送っている。休雲によれば、二日も見れば十分だろう、とのことだ。そんなにはやく郡上に着くことに、伊之助は軽い驚きを覚えた。もっとも、京から江戸までたった四日で行く飛脚便もあるそうだから、二日では驚くに当たらないのかもしれない。

伊之助は、目の前に広がる水面をじっくりと眺めた。

「この池の由来ってなんです。教えてもらえますかい」

その前に伊之助さん、と初美が穏やかにいった。

「もう二人で話すときは、ていねいな言葉遣いはやめませんか」

「ていねいな言葉遣いをやめるって、つまり、初美さん、元気ですかい、というのを、初美、元気、ということですかい」

初美が白い歯を見せる。くすぐったいような表情だ。

「呼び捨てまではしなくていいと思いますけど、伊之助さんがいいのなら、私は一向にかまいません」

「……ああ、ほんとだ。おいら、今、初美さんを呼び捨てにしちまった」

初美は怒らず、むしろかまわないとまでいってくれた。しかし、今のは伊之助の口が滑ったようなもので、意識してできることではない。

「でも初美さん、本当にいいのかい、ていねいな言葉遣いをしなくても」

「もちろんです」

初美が深く顎を引き、いいきる。

「そのほうが……」

初美が照れたように言葉を濁す。伊之助には初美のいいたいことがわかり、うれしさに心が満ちた。

「それなら、そうしようか」

伊之助は軽い口調でいってみた。

「ええ、そうしましょう」

「じゃあ初美さん、猿沢池の由来を話してくれるかい」

「もちろんよ」

初美が静かに語りだす。

「猿沢池の名は、天竺《てんじく》にあるといわれている獮猴池《びこういけ》からきたという話なの」

「びこういけ……」

初美がどういう字なのか、教えてくれる。

「へえ、これで獮猴と読むのか。初美さん、これはどういう意味なんだい」

即座に初美が答える。

「猿なのか。天竺にはそんな池があるんだね。でも、どうして獮猴池が猿沢池の由来になったのかな」

「天竺には大林精舎《だいりんしょうじゃ》という講堂があって、それは仏の道を教え諭す精舎でもあるんだけど――」

「精舎って、祇園《ぎおん》精舎とかいう、そのことかな」

話の腰を折るのはきらいだが、伊之助はあえてたずねた。

「ええ、そうよ。精舎というのは、僧侶が仏道修行する場所のことをいうの。祇園精舎も天竺にあるといわれているわ」

「ああ、そうなんだ」

「大昔の天竺には最初、五つの精舎があったそうなの。仏教をお釈迦《しゃか》さまがはじめられた頃なのか、私もそこまでは詳しく知らないのだけれど、天竺五精舎といって、大林精舎と祇園精舎もそうなの」

「大林精舎も祇園精舎も、すごい由緒がある精舎なんだね」

「そういうことね」

初美が同意を示す。

「それで、獼猴池は、その大林精舎の近くにあったといわれているの」

なるほど、そういうことか、と伊之助は思った。

「獼猴池が猿沢池なら、大林精舎は興福寺に当たるのか。そういうふうに見立てているんだね」

「ええ、そういうことよ」

初美が伊之助の物わかりのよさを褒《ほ》めたたえるように、にっこりと笑う。

「さすがに伊之助さんね。話がはやいわ」

「そうかな」

照れた伊之助は初美から目をはずし、さまよわせた。

「初美さん、さっきから気になっていたんだけど、あれは興福寺のなんという建物なのかな」

伊之助が指さした先を、初美が熱心に見つめる。猿沢池越しの左側に、三角の屋根に赤い板壁の建物が建っているのだ。

「あれは南円堂《なんえんどう》ね」

夕闇が濃くなり、猿沢池の水面も柳の影が落ちているところは、黒さが際立つようになっている。どことなくわびしさが漂いはじめていた。もうすぐ明厳院に帰らなければならない。初美との楽しいひとときは、じき終わりを告げる。

「なにをするところなの」

伊之助は、少しでも先延ばしにしたい思いで一杯だ。初美さんもそうだったらいいな、と願わずにはいられない。

「興福寺はもともと藤原冬嗣《ふじわらのふゆつぐ》という平安の頃のえらいお方が、お父上の追善のために建てたといわれているわ」

「へえ、じゃあ、南円堂は平安の頃の建物なの」

ううん、ちがうわ、と初美が首を横に振った。

「あれはかなり新しいの。寛政九年（一七九七）に再建されたときくわ」

「それじゃあ、前の建物は戦火にかかったのかい」

東大寺大仏殿が二度、兵火に焼かれたと黙兵衛にきかされたのを念頭に、伊之助は問うた。

「あれが四代目らしいわ。すべてが戦火で焼かれたわけじゃないと思うけど、私も詳しいことは知らないの」

「いや、初美さん、それだけ知っていればたいしたものだよ」

「そうかしら」

「そうだよ。おいらも、書物をもっとたくさん読まなきゃ駄目だなあって思ったもの」

初美が座り直し、体の向きを変えて伊之助をじっと見た。

その眼差しに熱さを感じ、どきりとした伊之助は長床几《ながしょうぎ》の上で落ち着かなげにもじもじした。

初美が唇を動かし、なにかいいかけた。

初美さんは、なにをいうつもりなのだろうか。

まさかとは思うが、おいらのことを好きだなんていうんじゃないだろうな。

「伊之助さん」

つやのある声で呼ばれ、伊之助は長床几から腰が浮きあがりそうになった。

「ひゃい」

声がひっくり返り、伊之助はあわてていい直した。

「は、はい」

「ねえ、戯作《げさく》は進んでいるの」

なんだ、そっちのことか。

伊之助はがっかりしたものの、むしろほっとした気持ちのほうが強いような気がしてきた。

「うーん、あまり進んでいないなあ」

「どうして」

「やっぱり読むのとちがって、書くのはむずかしいから」

「そうよね」

初美があまりに強くうなずくので、伊之助はおや、と感じた。

「もしや初美さんも、なにか書きはじめたんじゃないの」

「実はそうなの」

「なにを書いているの」

「もうやめてしまったわ」

「なぜ」

「書けないからよ」

初美があっさりといった。

「私には無理だってわかったの。読んで感じたことや思ったことを口にするのはたやすいけれど、物語を書くのはそれとはまったく別物だということがわかったし、頭の力だけでなく体の力も必要だってこともわかったの。伊之助さんはすごくたいへんなことをしているというのがわかったことが、とても大きな収穫だったわ」

「そうか、うれしいよ」

戯作を読んだ人に苦労の跡がわかるように書こうなどとは思わないが、書くこと自体の苦労を知ってくれている人がいるのは、ひじょうにありがたい。

「ところで、戯作の主人公はなにをしているのかしら」

初美が、さらに暗くなってきた猿沢池の周辺に目をめぐらせる。

「いないわ」

伊之助も一所懸命探したが、どこにも見つからない。

「あれ、どうしたんだろう」

「帰ったのかしら」

「でも、なにもいわずに帰るはずがないんだけどな」

伊之助はふと背後に気配を感じた。

「あっ」

知らず声をあげていた。うしろの長床几に黙兵衛が座り、のんびりと饅頭《まんじゅう》を食べていたからだ。

「いつからそこに」

あまり進んでいないなあ、と伊之助がいった頃だ。

黙兵衛の声が頭に流れこむ。

「じゃあ、けっこう前からそこにいらしたんですねえ」

そうだな。

黙兵衛が柔和な笑みを浮かべる。

二人の邪魔をしてすまなかった。

「いえ、とんでもない。謝られることなど、ありませんよ。——それにしても」

伊之助はがりがりと鬢《びん》をかいた。

「あっしもまだまだですねえ」

俺がうしろに来たことに気づかなかったことか。

「ええ、さいですよ。まったく修行が足りません」

そんなことはないさ。

黙兵衛がはっきりという。

伊之助には剣の才もある。厳しい修行を積めば、きっと剣客と呼べるだけの者になれるだろう。

「ええっ」

伊之助は長床几から落ちそうになるほどびっくりした。

黙兵衛が穏やかに続ける。

だが剣よりも、戯作のほうに力を入れて励むべきだろうな。

「音無の旦那は、そうしたほうがよいとおっしゃるんですかい」

前にも申したが、伊之助には剣よりもそちらのほうに確たる才がある。

「さいですかい……」

「そうよ、伊之助さん、がんばって」

伊之助は驚いて初美を見た。

「初美さん、おいらたちの話がわかるんですかい」

「よくはわからないけれど、伊之助さんの表情で黙兵衛さんがなにをおっしゃっているのかは、なんとなく」

「そうなのか」

「でも伊之助さん」

初美が軽くにらみつける。

「今、ていねいな言葉をつかったわ」

「えっ」

伊之助は思い起こした。確かに初美のいう通りだ。

「つい……次からはつかわないようにがんばるよ」

ふふ、と初美が明るく笑う。

「困った顔の伊之助さんて、とてもかわいいわ」

「あっしがかわいいのかい」

「ええ」

「はじめていわれた。女の人って、変わってるなあ」

「そんなことはないわよ。これがふつうだと思うわ」

「ふーん、そういうものなのか」

伊之助は妙に照れくさくて、頬をなでまわした。

饅頭を食べ終え、伊之助たちの会話に耳を傾けている様子だった黙兵衛があたりを見まわす。

伊之助、そろそろ戻るか。

「ええ、そうしますかい」

暗さが増してきて、興福寺の五重塔はただ黒い影となって化している。

伊之助は初美に黙兵衛の言葉を告げた。

「わかったわ」

初美が長床几から立ちあがった。闇の衣に静かに覆われようとしている猿沢池は黒い水面が広がっているだけにしか見えず、まるで表情をなくしたようだ。

そんな池を見つめて、初美が独り言のようにぽつりといった。

「このまま ときがとまってしまえばいいと思っていたけれど……」

それはまさしく伊之助の思いだった。

二

江戸から柳生まで、百十五里ほどだ。実際にはもっと距離があるかもしれないが、おおよその程度だろう。

となると、と荒垣外記《あらがきげき》は思った。一日二十五里を行けば、五日目に柳生に着くことになる。

このことは、これまで何度も考えた。強行軍すぎるだろうか。

いや、このくらいやれなくてどうする、という思いが外記のなかにがっしりと根を張っている。

きっと家臣たちも耐え抜くだろう。耐えられない者がいれば置き去りにするだけだ。いや、そうではない。まちがいなく殺すことになろう。

柳生へは、選び抜いた家臣十五名を連れていく気でいる。おそらく一人も落伍することなく、ついてくるにちがいない。

大丈夫だ、やれる。外記には、揺るぎない自信がある。

出立は今夜の八つに決めている。あと半刻《はんとき》ほどである。家臣たちは宿直《とのい》の者を除き、ぐっすり眠りこんでいるはずだ。

出立のことは、まだ誰にも告げていない。四半刻前に全員に伝えるつもりでいる。いきなり叩き起こされて、全員が驚愕《きょうがく》するかもしれない。

家臣たちはどんな表情を見せるだろうか。狼狽《ろうばい》するだろうか。

そんなことはあるまい。どんなときでも冷静さを保つように常々いいきかせてきた。

つと、やわらかな目を感じた。

「どうした」

愛妾《あいしょう》のおよしに声をかける。

およしはにこやかな笑みを浮かべて、外記を見つめていた。行灯《あんどん》の灯《あか》りにほんのりと照らされ、鼻梁《びりょう》がほのかに光り、瞳がきらきらと輝いている。

頬が赤らみ、唇が半びらきになっている。外記はたまらない色っぽさを感じた。腕を伸ばし、抱き寄せる。

「――っ」

声にならない声をあげて、およしが胸に倒れこんできた。ほっそりとしているが、着やせするたちで、たおやかさを感じさせる重みが心地よい。

「どうした。なにを見ておった」

外記は上から顔をのぞきこんで、あらためてきいた。

「殿が上機嫌のお顔をされていたので、私もうれしくて、つい長いこと見とれてしまいました」

「上機嫌に見えたか」

「はい、とても」

外記はおよしの胸元に手を差し入れた。柔らかさを楽しむ。およしが眉根にしわを寄せ、かすかに身もだえる。

「もうじきですね」

あえぐようにいう。熱い吐息が外記の顎や耳元にかかる。

「ああ、すぐだ」

およしにだけは、今宵、出立することを教えてある。

「寂しい」

およしが抱きついてきた。外記は強く抱き返した。

「すぐに会える」

「でも……」

およしが潤んだ目をあげる。

「私は殿に遅れること、いったい何日で柳生へと着くことになるのでしょう」

どんな手立てを用いようとも、およしは一日で二十五里を行くことはできない。駕《か》籠《ご》でも馬でも無理だ。

外記は二名の家臣をつけることに決めてあり、あとからゆっくりと来るようにおよしに命じてあるのだ。

おそらく、どんなに急いでも十日後が精一杯だろう。ただ、そのことを外記は答えなかった。いわずともおよしはわかっている。

「殿」

およしが呼びかけてきた。

「なんだ」

およしがためらう。どこか気がかりな色が垣間見えた。

なにをききたいのか、それで外記にはわかった。

「勝てる」

自信たっぷりにいいきった。

「わしが音無黙兵衛ごとき男に、後れを取るはずがない」

「まことですか」

およしの憂色は晴れない。

「まことよ」

外記は胸を叩くようにいった。

「ここ最近、わしがどれだけ元気か、そなた、よくわかっているであろう」

およしが言葉を口にする代わりに、外記の胸にそっと顔をうずめる。

「体の力だけではない、気力も満ち満ちている。わしは五十をとうにすぎておるが、生まれてから今が最も充実している」

「今が」

「そうよ。今が一番強い。そんなわしが音無黙兵衛に負けるはずがない」

「でも、勝負はときの運とききました」

外記はにやりと笑った。

「ときのせいにするなど、弱者が吐く言葉よ。わしは勝つ。大黒柱に触れたように、わしはずっしりとした手応えを感じておる」

「わかりました」

およしが笑みをつくっていった。

外記はおよしの頬をつついた。やわらかな感触が伝わる。

「無理に笑わずともよい。しかしおよし、そなたが柳生に着く頃には、默兵衛との決着はすでについているであろう。わしはそなたに一刻もはやく勝利の報を届けたくて、じりじりとしているであろうな」

「さようにございますか」

どんなに言葉を継いでも、およしの顔は浮かない。

「およし、わしが信じられぬか」

「とんでもないことにございます」

目をみはったおよしが、あわてて身を起こす。

「殿のことは、心より信じております。しかし、真剣での勝負ということになりますと、やはり、私のような者には話が別になってまいります。心配で心配でならぬのです」

「ふむ、そういうことか」

顎をひとなでした外記はなんとなく気配を感じ、顔をあげた。天井が視野に入ってくる。上質な油をつかっているにもかかわらず、行灯からはときおり黒い煙があがってゆく。

薄くなった煙が天井に当たって跡形もなく消え果てるさまが、どこか自分の人生に似ているような気がした。

あの煙のどこがわしに似ているのだ。縁起でもない。わしが柳生の里で散るとでもいうのか。そんなことがあるものか。

天井の隅に、やもりが張りついているのに気づいた。

わしを見ているのか。

ちがう。こちらに頭を向けているが、見ているのは壁にいる小さな虫だ。

やもりはじっと狙っている。うまくとらえられるだろうか。

外記が注目していると、およしもあっ、と声をあげた。興味深げな目を向けはじめている。

やもりがじりじりと動く。獲物との距離が徐々に縮まってゆく。

あのやもりはわしだ。

外記はそう決め、見守った。

狩りが成功すれば、わしもまちがいなく勝てよう。

もし、やもりがしくじれば――。

つまらぬことを考えたものよ。

外記は後悔した。

「殿」

不意におよしが呼びかけてきた。

「そろそろ刻限では」

外記はおよしを見た。

「そうであったな」

外記は立ちあがった。襖《ふすま》をあける。ところどころに設けられた燭台《しょくだい》の灯りが、暗い廊下を光がにじみ出るようにじんわりと照らしている。

宿直の家臣が二人、廊下に端座していたが、一人が足音を立てることなく滑るように近づいていた。外記を見あげる。

「皆を起こせ」

外記は静かな口調で命じた。

「座敷に集めよ」

急げ、とはいわない。いう必要はない。すでに宿直の者は、廊下を小走りに、家臣たちが眠っている長屋に向かっている。

外記は満足だった。この分なら、燭台のろうそくが三、四度、黒い煙をあげるあいだには、全員が眠気など一切感じさせない、きりっとした顔をそろえるにちがいない。

むっ。

外記は顔をしかめた。すうと風が吹き寄せてきたのだ。夏とは思えない冷たさをはらんでおり、襟元《えりもと》をかき合わせそうになったが、手をとめた。

またか。

外記は、苦い物を嚙んだような顔つきになった。

ここ最近、自分のまわりを冷たい風が吹き渡っている。これがほかの者にも起きていることであれば気にならないのだが、どうやらおのれだけのようなのだ。

これは、いったいなにを意味するのか。

気にはなるが、外記はあまり深く思案しないようにしている。いいこととは考えにくいからだ。

まさか黄泉《よみ》の国から吹いているわけではあるまいな。

そんなことはあるまい。わしは死人などではない。

よし、座敷に行くか。

外記は廊下に足を踏みだした。すぐに振り向く。

およしと目が合った。にっこりと笑ってみせたが、相変わらず不安そうな色を隠せずにいる。

大丈夫だ、と外記は口にすることなくいった。

ふと思いだし、壁に張りついているやもりを見た。

おや。

いなくなっていた。数瞬のあいだ探してみたが、見つからなかった。

どこに行った。

外記は目を動かしてはみたものの、それ以上、見つけだそうという気にならなかった。果たして狩りがうまくいったのかどうか、確かめられなかったことに、むしろほっとしたものがある。

弱いな。

以前の自分なら、こんな気持ちにならなかっただろう。

しかし、最近の自分はちがう。なにが変わったのか。

やはりおよしを得たために、守りに入ろうとしているのか。

そんなことはあるまい。

外記は断じ、廊下を歩きだした。

およしのためにも、音無黙兵衛に勝ってみせる。

あらかじめ定めていた通り、外記は屋敷を八つに出た。

明々と二つの提灯《ちょうちん》が燃える門の脇で、およしが見送る。一緒に行きたいと何度も懇願したが、外記は許さなかった。もしもそれ以上、いい募っていたら、斬り殺していたかもしれない。

殺すべきだったか。

家臣が掲げる提灯の灯《ひ》が、道脇の塀や木々を照らしだしてゆくのを横目に、外記は思った。

そのほうが、やはりよかったのではあるまいか。

さっき、およしのために黙兵衛に勝つと誓ったばかりなのにもかかわらず、外記はそのほうが身軽になれたのではないか、という思いを捨てきれない。

振り返った。十五名の選び抜いた家臣が続いている。いずれも深編笠《ふかあみがさ》をかぶり、手《て》っ甲脚絆《こうきゃはん》という身なりだ。黙々と足を運んでいるのが我が家臣ながら、凄みを感じさせた。

提灯の脇に立ち、およしがじっと見ているのが目に入る。

いとおしさが大波のように打ち寄せ、心の壁を押し倒した。

どうして殺そうなどと考えたのか。やはりおよしは無二の者だ。

いつまでも見つめていたかったが、道が左に折れ、およしの姿は闇に包みこまれるようにかき消えた。

日本橋から東海道に出る。

刻限が刻限だけにさすがに旅人はほとんどいないが、深夜に江戸を発《た》つ者がいないわけではない。ちらほらと提灯を手にした者が目に入ってくる。

旅の第一日目は、一気に箱根の関を越え、伊豆一宮《いずいちのみや》として名高い三島大社がある三島宿に投宿することになっている。

三島に着いたとき刻限はすでに夜の四つに近く、東海道沿いに面しているはずの三島大社に足を運んでいる暇などなかった。ただ、前を通りすぎただけだ。鎌倉幕府をひらいた源《みなもとのよりとも》頼朝の信仰が厚かったといわれた神社である。黙兵衛との対決を前に是非とも参詣しておきたかったが、今回はあきらめ、次の機会に譲ることにした。

果たして次はいつのことなのか、と外記は思った。次などというものが、本当にあるのか。

あるに決まっているではないか。

そのときはのんびりとした物見遊山の旅だ。むろん、そばにはおよしがいる。

今、およしはどうしているか。とうに屋敷は出立し、宿で横になっているだろう。今頃、二人の家臣に付き添われてどこにいるのだろうか。

川崎あたりか。日本橋から川崎まで七里半ほどか。女の足ではどんなにがんばってもそのあたりが精一杯だろう。

駕籠も馬も自由につかえといってあるが、およしはあれで粘り強いところがあるから、柳生まできっと歩き通すつもりでいるのではないか。

旅籠《はたご》は皆戸《みなと》屋といい、江戸の両替商飯岡《いいおか》屋の息がかかっている。

皆戸屋だけではない。これから東海道をのぼるにあたり、すべての泊まる予定の宿が飯岡屋の支配下にある。だから、どんなに遅く着いても、どんなにはやく発っても、一切文句が出ることはない。

皆戸屋から供された飯は握り飯に味噌汁、漬物という献立だったが、いずれもよく吟味されたものがつかわれ、美味だった。

飯岡屋のあるじ仁《じん》ノ助《すけ》は、妙なものをださぬように厳命しているようだ。

さすがに家臣たちは疲労の色が濃いが、食い気がそれで落ちることは決してない。翌日のために、食べることの大事さを全員がよくわかっている。

そして、誰一人として、疲れたなどいわない。そんなことを口にしたら、外記に殺されかねないことを知っている。

その家臣たちのがんばりに応えるために、外記は、部屋はすべて最上のものを用意している。六畳間に三人で眠るようにいった。それだけの広さを与えれば、翌日、疲れは残るまい。

むろん外記は一人部屋だが、布団は敷かずに畳の上で横になった。寝床はかたいほうが体のためにはよい。

腹を冷やさぬように肌がけをかけて、枕に頭をのせて目をつむる。

行灯はつけたままだ。不意の出来事が起きたとき、このほうがいい。夜目は利くが、やはり明るいに越したことはない。

黙兵衛との対決を思い描く。これまで何度もしてきたことだ。

頭のなかでは、一度も敗れたことはない。さすがに一筋縄ではいかず、苦戦ばかりだが、常に勝利を飾っている。

長い対峙《たいじ》のあと一撃で対決が終わることもあるし、ひどく長引き、脳裏に思い描いているだけなのに、実際に刀を手にして戦ったかのように、気息奄々《えんえん》ということもある。

今夜は黙兵衛の強烈な袈裟《けさぎ》斬りを刀ですらせてかわし、逆胴に斬って捨てることができた。

腹から血を流し、魚のように痙攣《けいれん》する黙兵衛。

血振りをし、懐紙でていねいに刀身をぬぐってから鞘《さや》におさめた。

気分がいい。すでに黙兵衛は息をしていない。丸太のように、ただ横たわっているだけだ。

よし、寝るか。

外記は黙兵衛を心の外に押しだした。睡魔が襲ってくる。

部屋の隅に置いてある行灯の明かりがまぶたを通じてうっすらと入りこんでくるが、じきそれも消えてなくなり、黒一色に覆い尽くされるだろう。

柳生に着くまであと四日。待ち遠しくてならない。

三

奈良に赴かねばならぬ。

そう強く思っているものの、涛戒《とうかい》はどうしてか柳生の地を離れずにいる。

この里には、なにか心を惹《ひ》かれるものがある。まるで、太い綱でつながれているかのように去る気になれない。

人けのまったくない丘の中腹にのぼり、涛戒は大木が鬱蒼《うっそう》と茂る森のあいだから里を見おろした。

穏やかに吹く風のにおいのためか。小高い山に囲まれている、緑濃い風景なのか。里を流れる川のやわらかなせせらぎか。田畑に漂う大気の香りか。

そのいずれかもしれない。日の本の国ならば、どこでも感じられそうなものでしかないが、なぜか涛戒にはこの地の風景やにおいが特別なものに思え、まるで好きな人に会ったかのように、慕わしさを覚えてならないのだ。

柳生に来たのはこれがはじめてだ。だが、とうの昔にこの里へはやってきたことがあるような気がする。

一度も目にしたことのないはずの風景を、以前、見た気がするのはよくあることだが、それとはややちがうような心持ちがしてならない。

いったいなんだろう。

涛戒は太い木の幹に手を預けた。

なにがこの俺をこんな気持ちにさせるのだろう。はじめてこの里にやってきたときは、おもしろい土地だな、と思った。今その思いは消え、なつかしさだけが深く心を占めている。

前世にこの地にいたのだろうか。

それとも、と涛戒は思った。自分に流れる侍の血だろうか。ここ柳生の里は、幾多の名だたる剣豪を生んだ土地である。その憧れといっていい思いが、強く心を惹かれる理由となっているのだろうか。

とにかく、と涛戒はあらためて大きく見渡した。とても気持ちのよい里だ。じき夕暮れだが、この風の心地よさはどうだろう。とても澄み、体に染み渡るようだ。

照月寺を出奔《しゅっぽん》した初美のことは気になるが、大丈夫だろう、という気はしている。もう奈良に入り、伊之助や黙兵衛と再会して明厳院に逗留しているのではないか。

初美どのに関しては、きっともう心配いらぬだろう。

そんな思いが涛戒にはある。それはすでに確信となって、心に根づいている。

今日も朝から里を動きまわった。柳生家の菩提寺《ぼだいじ》の芳徳寺《ほうとくじ》にもまた足を運んだし、柳生街道を進んで、円成寺《えんじょうじ》という名刹《めいさつ》にも足を延ばした。円成寺は浄土式と呼ばれる庭園が、なによりすばらしかった。創建は奈良の昔ということで、相当に古い仏像がおさめられているはずだったが、すべてを目にすることはできなかった。

草鞋《わらじ》が一足、すりきれるくらい歩いて、さすがに腹が減っている。

戻るか。

涛戒は丘をくだりはじめた。柳生の里の全景が、ゆっくり視野から見えにくくなってゆく。そのことに、一抹の寂しさを感じた。もっと眺めていればよかったか。

だが、腹の虫がはやく食い物を入れろとばかりに激しく鳴きはじめた。

今、涛戒は柳生の里にある一軒の宿に逗留している。ほかに何軒、宿があるのか知らないが、最初に目についた宿の暖簾《のれん》を払ったのだ。

宿は西郷屋《さいごうや》といい、隣もまた旅籠で、甲野屋《こうのや》という名だった。こちらはまだ宿をはじめてからそんなに間がないらしく、建物は新しかった。だが、泊まり客を断っている様子だった。

どういうことなのか、涛戒には解しがたかった。

甲野屋の隣には造り酒屋がある。柳生家に献じている酒らしく、どんなにうまい酒なのか、すぐに飲みたい気持ちに駆られたが、涛戒はずっと我慢している。ここは剣聖の生まれた土地である。心身ともに清浄な状態を保ったほうがいい。

西郷屋は柳生街道沿いにある。里を流れる打滝川《うつたきがわ》に流れこむ支流のそばだ。

あと一町ほどで西郷屋というところまで来たとき、足を引きずっている若い侍と出合った。

濃くなりつつある夕闇のなか、それに溶けこんでしまうようなはかなさが感じられ、涛戒はついじっと見てしまった。

この若侍は、と思った。見覚えがある。涛戒が正木坂道場で岡西佐久右衛門という柳生家の士と袋撓《ふくろしない》で稽古をした際、ずらりとまわりに居並んでいた門弟たちの一人ではないだろうか。

ちがう。

涛戒はすぐに否定した。あの場にはいなかった。

だが、それならどうして顔に見覚えがあるのか。

若侍は涛戒の凝視に気づかぬ様子で、道を歩いていこうとしている。

——そういうことか。

涛戒は納得した。若侍は岡西佐久右衛門によく似ているのだ。佐久右衛門を若くしたら、こんな感じになるにちがいない。

ということは、この若侍は佐久右衛門どののせがれだろうか。

それにしても、どうして怪我をしているのだろう。どうやら刀傷ではないだろうか。足を動かすたびに腰のあたりが引きつる感じなのは、そのためではないか。

「どうされた」

　涛戒に呼びかけられ、よろよろと歩いていた若侍が顔をあげた。それだけでもつらそうな表情をしている。苦悶の顔といっていい。

「御坊は」

　声をだすのも難儀そうだ。

「旅の者にござる。そこの西郷屋さんに投宿している」

　宿のある場所を指さしてから、涛戒は若侍を見つめた。

「そなたは岡西佐久右衛門どのの縁者かな」

　若侍が目をみはる。

「御坊は父上を」

　やはりせがれだった。

「ああ、存じておる」

　あれだけの遣い手と袋撓を合わせたことに晴れがましさがあり、声にその思いが少し出た。しかしその前に、この若侍のことが気にかかる。

　涛戒は、岡西佐久右衛門との関係を若侍に告げた。

「そうでござったか。父上と道場で稽古をされた……」

若侍がうつむき、涙ぐんだ。その場に崩れ落ちそうになる。

「大丈夫か」

涛戒は前に踏みだし、若侍の肩を両手でつかんだ。若侍は佐久右衛門の血を継いでいるのがはっきりとわかる、筋骨をしていた。しなやかで力強い。

「申しわけない」

若侍が、死にかけた蟬《せみ》のような弱々しい声でいった。

「いや、そのようなことはよいのだ。だが、本当にどうされた」

若侍が目だけをあげ、涛戒を見つめる。意外に鋭い光が宿っている。

「いえ、なんでもござらぬ」

「なんでもないことはなかろう」

涛戒はにらみつけた。

「だいいち、その傷はどうしたのだ。刀傷ではないのか」

「おわかりになるのか」

「むろん」

「御坊は、侍なのでござるか」

「もとは」

「さようにござるか」

目の前の男がゆえあって僧侶となったのはわかったようだが、それ以上、若侍はきいてこなかった。

「わしのことなどどうでもよい。まことにそなた、どうしたのだ」

しばらくの逡巡《しゅんじゅん》ののち、若侍が静かに告げた。

「父上が討たれました」

「なんと」

涛戒はそのあとの言葉が続かなかった。惚《ほう》けたように口をぽかんとあけているのを自覚したが、閉じることができなかった。

「岡西佐久右衛門どのが」

しかし、いったい誰があれだけの遣い手を討てるというのか。

──まさか。

涛戒の脳裏には、一人の男の顔が浮かんでいる。

音無黙兵衛は今、奈良にいる。

だが、黙兵衛といえども、岡西佐久右衛門はそうたやすく討てる男ではない。黙兵衛は無事なのか。

涛戒は若侍の両肩をつかんだ。

「岡西どのが討たれたのは、まちがいないのか」

若侍が力なくうなだれる。

「まちがいございませぬ。一刀のもとに斬り捨てられました」

「――なんと」

涛戒は若侍の顔をのぞきこんだ。若侍は、父の死にざまを思いだしたのか、唇をかたく嚙んでいた。悪寒が走ったように、背筋をぶるぶると震わせている。

「誰に討たれた」

「ただの浪人にござる」

「名は」

涛戒は腹に力をこめてたずねた。

その思いが伝わったのか、若侍が覚悟を決めたように口にする。

「音無黙兵衛という名にござる」

やはり、そうであったか。

嘆息して涛戒は空を見あげた。すでに山の端に隠れつつある太陽は最後の気力を振りしぼるかのように、重なり合って浮かぶ雲を橙色に染めている。

「そなたの傷は、黙兵衛にやられたものなのか」

「いえ」

若侍が無念そうに下を向いた。いや、そうではなく、むしろ面目なげなように涛戒の目には映った。

ということは、この若侍に傷を与えたのは伊之助ということか。伊之助の素質のすばらしさはわかっていたが、そこまで強くなっているとは思わなかった。この若侍も相当の腕があるだろうに、それを傷つけることができるなど、生半可な腕ではなくなっている。やはり黙兵衛と旅を続けることで、幾たびも修羅場をくぐり抜けたことが、伊之助を成長させたのだろう。

「御坊」

若侍が呼びかけてきた。

「まさか、音無黙兵衛をご存じなのではござるまいな」

覚られてしまったか、と涛戒は思った。盛大にため息をつけば、それも当然のことだろう。

しかし、どう答えるべきなのか。

涛戒の迷いは一瞬でしかなかった。

「存じておる」

若侍がにらみつけ、凄みをきかせた声できいた。

「どういう仲なのでござるか」

「仲か……」

郡上の照月寺という寺でしばらく一緒だったことを、涛戒はまず語った。

「御坊、音無黙兵衛とはそれだけの間柄でござるのか」

「話せば長い」

涛戒は若侍をじっと見た。疲れ切っているように見える。

若侍の顔に、粒のような汗が浮きはじめている。

「ちょっと失礼するぞ」

涛戒は、若侍の額に手のひらを置いた。むっ、と顔をしかめる。

「熱があるな。そなたの屋敷はどこだ」

「黙兵衛の仲間に教えたくござらぬ」

「まあ、そういうな」

涛戒はやんわりといい、一転、強い口調で問うた。

「屋敷はどこだ」

その迫力に押されたかのように、若侍が伝えてきた。

「よし、まいろう」

涛戒は若侍に肩を貸し、街道を戻りはじめた。

「佐久右衛門どのが黙兵衛と戦ったのは昨日と申したな。今日、そなたはなにをしていたのだ」

口をあいたものの、若侍がいいよどむ。涛戒は即座に覚った。

「稽古か。この体で無茶をするものよ」

すぐに言葉を続ける。

「だが、気持ちはわかる。父上を討たれて、仇を報じぬというのは、侍とはいえぬからな」

若侍は無言でうつむいている。

「わしは涛戒という。そなたは」

若侍が、やや警戒の気持ちを解いたように答えた。

「誠八郎《せいはちろう》どのか。よい名だな」

街道から枝わかれした細い道をたどり、屋敷に着いた。丘の中腹ではなく、裏手に当たる場所だ。日当たりはよいようで、昼間ならまぶしい陽射しが降り注いでいるにかのようだ。

ちがいない。

屋敷は無人で、空虚な感じに覆われている。まるで屋敷もあるじの死を悼《いた》んでいる

屋敷は思っていたよりせまく、岡西家は小禄《しょうろく》なのだろう。隣にも似たような広さの屋敷がある。

囲炉裏《いろり》が切られている部屋の隣に布団を敷き、着物を脱がせて誠八郎を横たえた。最後に枕を置くと、かたじけないといって誠八郎は安堵したように目を閉じた。

「医者には診《み》せたのか」

枕もとに正座して、涛戒はきいた。誠八郎が目をあく。だが目は涛戒ではなく、天井を見つめている。

「こんな田舎でも医者はいらっしゃいます。今朝、傷口を縫っていただきました。道場は生傷が絶えぬゆえ、手慣れたものにござった」

「傷を見せてくれるか」

「涛戒どのは医術の心得が」

「さしてないが、傷が破れておらぬか確かめたい」

「承知した」

誠八郎が寝返りを打ち、涛戒から傷がよく見えるようにした。

「ふむ、破れてはおらぬな」

「さようにござるか」

涛戒はほっとしたが、誠八郎も安心したような顔つきになった。

「これならば医者を呼ばずとも、大丈夫だろう。誠八郎どの、今日はこれですんだからよかったが、もう無茶はされるな」

「しかし――」

「仇を討たねばならぬか。だが今のままでは黙兵衛を討てぬのは、わかっておるであろう。それゆえ、稽古に励んでいたのではないか」

誠八郎はなにもいわなかった。

「わしが音無黙兵衛と知り合ったいきさつだが……」

涛戒は、黙兵衛たちが郡上に向かう道中で知り合い、伊賀者《いがもの》と思える者を相手にともに戦ったことを話した。そして、どうして自分が柳生まで足を運んできたのか、その理由も語った。初美のことは伏せておいた。

「音無黙兵衛は、やはり柳生の者だったのでござるか」

「やはりというと」

「対決の前、音無黙兵衛を目の当《ま》たりにした父上が、まさかおまえだったとはな、と申したゆえにござる」

涛戒は背筋を伸ばし、端座している足をきっちりとそろえた。

「誠八郎どの、黙兵衛を討つつもりか」

「むろん」

いったいなにをいっているのか、といいたげに誠八郎が力んで口にした。

「討たねば、父上の無念は晴れませぬ」

「だが、今の体と腕前は無理であるのは、よくわかっておるのであろう。だからこそ、その体で稽古をするなど、無茶をしてのけたのではないか」

涛戒は膝行《しっこう》し、端整な顔をじっと見た。

「仇討などよせ、犬死も同然ぞ」

「犬死など、そのようなことはござらぬ」

「その通りだな」

涛戒は逆らわなかった。

「しかし今は無理だ。そうだな」

「……はい」

不承不承、誠八郎がうなずく。

「まずは体を治すことだ」

いいきかせる口調で語り、涛戒は言葉を継いだ。

「本復したら、あとは精進あるのみだ。勝負はときの運だが、そなたが自信を持てるだけの腕になれば、きっといい勝負になるにちがいない。そなたは、音無黙兵衛を討つことができるかもしれぬ」

誠八郎が意外そうに見ている。

「どうかしたかな」

「いや、御坊は音無黙兵衛の仲間ではござらぬか。それなのに、黙兵衛を討てるなどといわれるので……」

「黙兵衛を殺したくはないが、おぬしにも死んでほしくないのでな」

これは本音である。

「さようにござるか」

誠八郎が静かに息をつく。

「先ほどの話でござるが、涛戒どのは音無黙兵衛とともに、本当に伊賀者と戦ったのでござるか。伊賀者など、今の世にいるのでござるか」

「ああ、わしも仰天したが、実際にいる」

「なにゆえ伊賀者と戦うことになったのでござろう」

「伊賀者は何者かに頼まれて、黙兵衛を襲ったようだ」

誠八郎が怪訝《けげん》そうな顔になる。

「何者とは」

「父上に、黙兵衛殺しを依頼した者とつながりがある者であろうな」

「依頼した者……」

「知っておるようだな」

誠八郎が深く顎を引く。

「誰かな」

いうべきか、誠八郎はためらっている。

「いいたくなければ、いわずともわしは一向にかまわぬ」

誠八郎が気づいたような表情になる。

「涛戒どのは、すでに見当がついているのでござるか」

涛戒はうなずくことで、答えとした。

「誰であると考えているのでござるか」

「柳生家の殿さまであろう」

涛戒はずばり口にした。柳生家の当主である厳則《よしのり》は、水野忠秋と親しくしていることを、以前、きいたことがある。

「ああ、本当にご存じでござったか」

「殿が、音無黙兵衛を殺せと命じたのか。その理由をきいたことは」

涛戒がたずねると、誠八郎は枕の上の頭を小さく振った。

「いえ、きいてはおりませぬ」

瞳にまたも鋭い光をたたえ、たずねてきた。

「涛戒どのは理由をご存じなのでござるか」

どう答えようか、再び涛戒は迷った。水野忠秋のことを教えるべきか。教えれば、また新たな遺恨が生まれるような気がする。

「いや、知らぬ。ただ、厳則公は利用されたにすぎぬだろう」

「ということは、殿の背後に誰かいるということにござるか。つながりがある者とは、そういう意味にござるのか。それは、黒幕といっていい者にござろうか」

「黒幕か。まさにその言葉がぴったりであろうな」

涛戒はきっぱりといった。

「厳則公の背後にいる黒幕が誰なのか、そしてどうして音無黙兵衛の命を狙うのか、今、黙兵衛たちが奈良で懸命に調べている。その探索をいやがる者こそ、厳則公を利用した者であろう」

「探索を邪魔するために、黒幕は音無黙兵衛をこの世から消そうとしたということにござるか」

さすがに岡西佐久右衛門の息子だけのことはあり、勘がいい。少ししゃべりすぎたかもしれない。

「そういうことだろう」

涛戒は、そういうしかなかった。

その言葉をきいて、誰が厳則を操ったのか、誠八郎は必死に考えはじめている。

水野忠秋であると、わかってしまうだろうか。

涛戒は、目を閉じている若侍を静かに見つめた。

「わかりませぬ」

誠八郎が目をあけていった。

「教えてくださらぬか。田舎のことにて、江戸の殿のことについて、ほとんど入ってこないのでござる」

「残念ながら、わしも知らぬ」

涛戒は、嘘をつくことに苦い思いを抱きつつ、誠八郎にいった。

こういうふうにいうことで、この若者が盲進しなければいいのだ、と自らにいいきかせた。

四

目が覚めた。

布団に横たわったまま伊之助は手を伸ばし、よっこらしょといって、腰高障子を横に滑らせた。

廊下に面した雨戸にはいくつもの金色の点ができており、そこから光が筋となって畳の上に射しこんできた。

部屋のなかは雨戸のせいで暗いが、かまびすしい鳥の鳴き声がきこえてくる。低い読経《どきょう》の声も流れてきている。ここ明厳院の院主である泰寛《たいかん》が朝のつとめをしているのだ。

相変わらずいい声だなあ。

伊之助は上体を起こし、腹にかかっている肌がけを静かに取った。熟睡できたようで、眠気はないが、いつもの癖で目をこすりつつ、立ちあがる。

廊下に出て、雨戸をあけた。

光のかたまりが雪崩《なだれ》を打つように、どっと覆いかぶさってきた。あまりのまぶしさに目をしばたたいた伊之助はうつむき、部屋のなかに眼差しを移した。

部屋は、畳に照り返した光が壁の上のほうまで突き刺さっている。これまで気づかなかった、壁のくすみまでがくっきりと見えた。

「それにしてもいい天気だなあ」

明るさにようやく目が慣れた伊之助は、庭を眺め渡した。

低い陽射しが、深い木々を突き抜けて庭を照らしだしている。庭の緑は洗われたように生き生きとし、まばゆいくらいつやかに輝いている。空には雲はほとんどなく、南のほうに入道雲が勢いよくわきあがっているのが見えるだけだ。これから空を駆けあがってくる太陽の威勢をとめられるものは、どこにも存在しない。

風は早朝らしく、涼しさを帯びている。夏とは思えないさわやかさで、伊之助は存分に呼吸をした。

「ああ、うまい」

大気に味があるような気がする。

「このあたりは、やはり古都ならではなんだろうなあ。古河《こが》とはひと味もふた味もちがうよなあ」

伊之助。

頭に黙兵衛の声が届いた。

見ると、廊下を黙兵衛が大股に近づいてくるところだった。黙兵衛は伊之助の隣に部屋をもらっている。

よく眠れたか。

「ええ、おかげさまでぐっすりですよ」

今日も初美と逢い引きするのか。

「音無の旦那、あっしらのは、逢い引きというほど大袈裟なものじゃありませんよ」

そんなことはなかろう。

「さいですかね」

二人の幸せそうな顔を見ていると、俺もうれしくなってくる。

「本当ですかい」

ああ、本当だ。

黙兵衛がにっこりと笑う。端整な顔をしているだけに、その笑みには伊之助を強烈に惹きつけるものがある。

まったくいい男だよなあ。うらやましくなるよ。

伊之助、と黙兵衛に呼ばれた。

「なんですかい」

今日はどこに行くのだ。

「さいですねえ、まだはっきりと決めたわけじゃなくて、初美さんにきかなきゃいけないんですけど、斑鳩《いかるが》のほうへ行こうと考えています」

斑鳩というと、法隆寺《ほうりゅうじ》か。

「ええ、さいです。前に音無の旦那に連れていってもらいましたね。すごくいいお寺さんでしたから、今度は初美さんと一緒に行きたくてならないんですよ」

そうか、初美にも見せたいのか。

「はい、そういうことです。あと薬師寺《やくしじ》にも寄りたいなあと考えています」

薬師寺か。まだ見ていなかったか。

「はい、そうなんです」

薬師寺に行くのなら、唐招提寺《とうしょうだいじ》にも寄るといい。

「唐招提寺ですかい。きいたことがありますよ。確か、鑑真和上《がんじんわじょう》でしたね。薬師寺から近いんですかい」

五町もないくらいだ。

「ああ、そんなものですかい。それならたやすく行けますね。――音無の旦那、ほかに、おすすめの場所がありますかい」

そうさな。

黙兵衛が腕組みする。

白毫寺はどうだ。

「びゃくごうじ、ですかい」

こういう字を当てるんだ。

黙兵衛がいい、伊之助の脳裏に漢字が浮かびあがった。

「へえ、これで白毫寺ですかい」

そうだ。奈良でもきっての古刹といわれている。

「どこにあるんですかい」

ここからすぐそばだ。行くのなら、案内しよう。

「助かります」

伊之助は黙兵衛を見つめた。

「白毫寺って、なにが音無の旦那のおすすめなんですかい」

そうだな。閻魔《えんま》大王を祀《まつ》っているところかな。

「閻魔大王ですかい。そいつはまた珍しいですね」

一月と七月には、閻魔もうでと呼ばれる行事がある。閻魔大王の坐像があるのだ。

「その坐像も、東大寺の南大門の仁王像みたいに運慶《うんけい》さんのように名のある仏師がつくったものですかい」

いろいろと伝説はあるようだが、少なくとも運慶のつくったものではないようだな。

「ああ、さいですかい」

とにかく雰囲気のいい寺だ。すばらしい椿《つばき》もある。

「椿ですかい」

五色椿と呼ばれている。花は春だからとうに終わっているが、奈良の三名椿の一つといわれている。

「へえ、三名椿ですか」

黙兵衛があとの二つはなにか、教えてくれた。ここ東大寺の開山堂の糊こぼし椿、傳香寺《でんこうじ》の散り椿とのことだ。

「五色椿というくらいだから、五色の花を咲かせるんですかい」

白や紅、そして紅白のまじった花をつけるんだ。

黙兵衛によれば、それぞれの花びらに色の濃淡や紅白のまざり具合などのちがいがあって、そのために五色椿と呼ばれているようだ。

「へえ、一本の木なのに花にちがいが出てくるなんて、おもしろいものですねえ」

もともとは、興福寺の塔頭《たっちゅう》である喜多院《きたいん》から持ってきたものといわれている。

「興福寺から……」

伊之助の脳裏に、昨日、初美とともに猿沢池越しに眺めた五重塔や南円堂が鮮やかに映しだされる。

昨日のことのように思いだすというけれど、よくいったものだなあ。

伊之助は感心した。

それにしても、昨日は楽しかったなあ。今日も初美さんと一緒にいられるなんて、俺はなんてついているんだろう。まったく怖いくらいだよ。

伊之助、夢を見ているような顔をしているぞ。

黙兵衛にいわれ、伊之助は我に返った。

「ええ、本当に夢を見ていましたよ」

正直だな。

黙兵衛が柔和に笑っている。

「そのくらいしか、取り柄がないですからね」

そんなことはないさ。おまえはとにかくやさしい。

「でも音無の旦那、やさしさだけじゃあ、女の人を守れないんじゃないですかい」

そんなことはあるまい。

黙兵衛が断じるようにいった。

腕が立たなければとか、力が強くなければとか、好きな女を守るのにそんなものは関係ない。

「そうですかね」

そんなものをつかうことなく女を守った者は、古来より数えきれぬだろう。

「はあ」

一生涯離れぬという決意を胸に、本当にずっとそばにいてやることこそ、俺は女を守るということだと思う。

「好きな男が一緒なら、女の人はきっと安心するでしょうしね」

そういうことだ。

「初美さん、あっしが一生身近にいて、迷惑だなんてこと、ありませんかね」

ないさ。

「まことですかい」

昨日の初美の顔を見ていたら、わかる。

「どんな顔をしていましたかい」

伊之助、おまえの目は節穴か。昨日、ずっと初美の顔を見ていただろう。

「まぶしすぎて、あんまりよく見えていなかったんですよ」

瞳をきらきらさせておまえを見ていた。あれはおまえにぞっこんだな。

それをきいて、伊之助は跳びあがりそうになった。

「まことですかい」

先ほどと同じ言葉が口をついて出た。

まことさ。

黙兵衛がさらりと答えた。

それよりも伊之助、そろそろ朝餉ができる頃だろう。

「ああ、はい」

黙兵衛のいうように、鼻先を味噌汁のいい香りが漂ってゆく。食い気がそそられ、腹の虫が鳴った。

黙兵衛が歩きだす。伊之助はそのあとについた。

廊下を渡っている最中、泰寛の読経の声はずっときこえていた。経というのは不思議なもので、心は凪《な》ぐように安らかなものになってゆく。

やっぱりいいよなあ、と伊之助は思った。これまで信仰心がなかったとはいわないが、さほど強いものではなかった。

心を入れ替えて、般若心経《はんにゃしんぎょう》くらい、そらでいえるようにするかなあ。

そんなことを考えているうちに、食堂《じきどう》に着いた。寺男の勤助《きんすけ》が厨房でいそいそと働いていた。

休雲がすでに座っており、そこに膳があるかのような目で、眼前をもの欲しそうに見つめている。

初美はまだ来ていない。すぐに顔を見られるだろうが、残念だった。

伊之助は休雲の横に座った。黙兵衛は休雲の向かいに腰をおろした。

「和尚、おはようございます。相変わらずはやいですね」

「なんだ、そのいい草は」

休雲が瞳をぎろりと動かし、にらみつけてきた。

「なにかおかしいですかい」

「おかしいだろう。相変わらず、という枕はなんだ」

「深い意味はありませんけど」

「わしがまるで食いしんぼうで、いつも真っ先に食堂に駆けつけているように、おまえは思っているんだな」

「ちがうんですかい。和尚はいつもあっしよりずっとはやいですよね」

「それは、おまえがいつまでも寝ているからだろう」

「そんなことはないですよ。あっしは早起きですからね」

しかし休雲はきいていなかった。勤助が膳を運んできたからだ。

「ここに頼む」

休雲が自分の目の前を、大仰な仕草で指し示す。

「お待たせしました」

勤助がていねいにいって、膳を静かに置いた。

「おお、うまそうではないか」

休雲が感動したような声をだす。大きな声で、伊之助は耳が痛かった。

膳には、白いご飯に奈良漬、味噌汁、昆布の佃煮がのっている。

「朝から豪勢だなあ」

伊之助は、休雲の膳を横からのぞきこんでいった。

「伊之助、取るなよ」

「取りませんよ」

「よし、ではいただこうかな」

休雲が箸《はし》を手にする。

「駄目ですよ」

伊之助は取りあげた。

「なにをする」

「なにをするじゃありませんよ。泰寛さまだって、まだじゃありませんか」

「そうか、さすがに待たなきゃまずいな」

伊之助や黙兵衛のところにも、膳が運ばれてきた。

院主の泰寛も来た。その直後、初美がおきさと一緒にやってきた。食堂に光が射しこんだように、ぱあっと輝きを帯びた。伊之助の気持ちも一気に明るくなった。

「おはようございます」

初美がみんなと挨拶する。最初に伊之助を見てくれたことがうれしかった。

初美が伊之助の正面に座る。その横におきさが正座した。

「初美さん、おはよう」

「おはよう、伊之助さん」

「よく眠れたかい」

「ええ、ぐっすりよ。伊之助さんは」

「おいらもぐっすりだよ。全然、目が覚めなかった」

「そう、よかった」

黙兵衛のいう通り、初美の目はきらきらしている。あまりに美しくて、吸いこまれそうな錯覚にとらわれる。

「朝っぱらからお熱いのう」

休雲が冷やかす。

「まったく夏の暑さがいや増すというところじゃのう。冬が恋しくなるというものじゃ」

「まったくですよ」

おきさが深々とうなずいて同意する。

「私は寒い冬は大がつくほどきらいなんだけど、こう暑くっちゃ、宗旨替えをしなくちゃいけないわ」

「おきささんは、いい人、いないんですかい」

伊之助はたずねた。

「いるわけないわ」

おきさは手のひらをぱたぱたさせて、自分の顔に風を送っている。

「だったらわしはどうかな」

休雲が勢いよく身を乗りだす。顔は大まじめだ。

「願い下げよ」

おきさが一瞥《いちべつ》することなく一蹴《いっしゅう》した。

「あれま」

「さて、休雲さんが袖にされたところで――」

それまで伊之助たちのやりとりを笑顔で見守っていた泰寛が、皆を見渡す。

「いただきましょうか」

「泰寛さんのいい草は気に食わんが、さすがに待ちかねたよ」

休雲は、おきさに振られたことなど、気にするそぶりは一切、見せていない。こういう図太いところは正直、伊之助にはうらやましい。

休雲が味噌汁の椀を手にし、箸を動かしはじめる。

「うむ、うまい」

味噌汁の具は豆腐と油揚げというものだが、ややかたさを感じる豆腐は濃厚で、口中に広がる旨みがすばらしい。やわらかな油揚げには、こくと甘みがあった。これだけで飯が何杯もいけそうだ。

「ごめんくださいよ」

玄関のほうで訪《おとな》う声がした。あれは、と伊之助は思った。厨房にいた勤助がすばやく応対に向かった。

すぐに戻ってきた。ともなっているのは聞左衛門《ぶんざえもん》だ。

「やあやあ、おはようございます」

大声をだして、食堂に入ってきた。

「おお、伊之さん、うまそうだなあ」

聞左衛門が勤助を見る。

「すまないが、手前にも、この豪勢な朝餉を食べさせてくれんかね」

勤助が泰寛に目を当てる。泰寛が鷹揚《おうよう》にうなずき、差しあげなさい、といった。

「ありがたし」

聞左衛門が伊之助の隣に座った。

「おや」

はじめて気づいたような顔で、初美とおきさの二人に目をやる。聞左衛門はもともと、奈良奉行所の同心から手札をもらっていた目明しときいている。その目を持っていれば、この場に二人の女性がいることなど、とうに覚っていたはずだ。

「いやはや、これはまたきれいなお二人じゃないか。目がくらみそうだよ」

お二人とはいったものの、聞左衛門の目は初美に釘づけだ。

「わしは聞左衛門と申しましてな、奈良の裏から裏まで知っている男だが、あなた方は、いったいどちらさまかな」

伊之助は二人の名だけを教えた。

「ほう、初美さん。それとおきささん」

おきさの名をついでのようにいって、聞左衛門が、崩れた豆腐のごとく表情をゆるませる。

「まさしく目の保養じゃなあ。いつこちらにまいられたのかな」

「一昨日ですよ」

伊之助は初美たちの代わりに答えた。

「どこから」

「それは秘密です」

「なんだい、ずいぶんと思わせぶりではないか」

そのとき勤助が膳を運んできた。

「おお、うまそうだなあ」

聞左衛門の関心はあっという間にそちらに移った。箸を手にし、いただきますといってむさぼるように食べだす。一気に飯を三杯、平らげた。

とうに食べ終えていた伊之助は、目を丸くせざるを得なかった。

「ところで聞左衛門さん、今日はなにか用事ですかい。それとも、朝餉を食べに来ただけなんですかい」

四杯目をもらおうとしていた聞左衛門が、気づいたように手をとめる。あわてて碗を膳に戻した。

「おう、そうだった」

聞左衛門が伊之助と黙兵衛に交互に目を向ける。

「啓西《けいさい》の居場所が知れた」

「なんだって」

伊之助は、目の前の膳を蹴るようにして立ちあがった。その前に黙兵衛はすでに立っていた。

「どこですかい」

伊之助は叫ぶようにいった。

「ああ、今、案内しますよ」

しかし、聞左衛門は手にした湯飲みを傾けようとしていた。

「茶を飲んでいる場合じゃないでしょう」

伊之助はほとんど怒鳴りつけていた。

ああ、夢のようだったなあ。あっという間だったなあ。もっと一緒にいたかったなあ。

法隆寺にも行けない。薬師寺、唐招提寺も無理だ。黙兵衛に勧められた白毫寺も夢で終わりそうだ。

残念だなあ。

道を駆けながら、伊之助は思った。行きたかったよお。

楽しい日は、たったの一日で終わってしまった。

仕方あるまい。いつもいつも楽しいのでは、その楽しさがわからなくなっちまうからな。ときには苦しいことを味わうのも、一興だろうぜ。

伊之助はそう思うことにした。

前を聞左衛門が走っている。息づかいは荒いが、意外に足取りは軽く、はやい。

食べたばかりなのになあ、と伊之助は見直す思いだ。自分は横腹が痛くなってきている。

まいったなあ。

だからといって、足をゆるめてほしいとは口が裂けてもいえない。そんなのは男として、名折れだろう。

黙兵衛は腰の刀に左手を置いて、足を運んでいる。体がまったく揺れず、うしろから見ていてほれぼれするほどだ。

神武《じんむ》天皇陵というのは、どこにあるのかなあ。

啓西がいるのは、神武天皇陵の修築場所とのことだ。

啓西というのは、正倉院《しょうそういん》が開封され、記録と合っているか調べられたり、修理を施されたりした宝物が戻される際、照合する役を負っていた僧侶だった。啓西がいた寺は東大寺の塔頭の一つで、金剛龍院《こんごうりゅういん》といった。

奈良奉行時代の水野忠秋は啓西に目をつけて手を結び、正倉院のお宝を横流しすることで財をなした。

しかし、出世を重ねるとともに幕府内での政争が激しさを増し、水野忠秋は身辺をきれいにする必要に迫られた。そのために、初美の父である堀泉季綱をまず殺し、さらに正倉院のお宝を京で売っていた古物商の福原屋五郎助《ふくはらやごろすけ》も始末した。五郎助が殺されたことを知った啓西は自らの命が危ういことを察し、金剛龍院から姿を消し、消息を絶ったのだ。

この啓西という男をとらえ、水野忠秋の政敵のもとに連れてゆけば、水野はまちがいなく破滅だろう。

しかしとらえたとして、と伊之助は思った。音無の旦那に啓西を証人として立てられるだけの伝《つて》はあるのだろうか。

いや、音無の旦那はそんなことは考えていないのかもしれない。音無の旦那が欲しているのは、水野忠秋を父の仇として殺せるだけの材料ではないか。

啓西から動かしがたい証言を引きだすか、あるいは証拠を差しださせるのが、目的ではないだろうか。

啓西を見つけだし、証言をきいたら、音無の旦那は水野忠秋のいる江戸に向かうのだろうか。

おそらくそうにちがいない。下総関宿《しもうさせきやど》で五万八千石を領している殿さまの久世豊広《くぜとよひろ》を討った男なのだ。

相手が今をときめく御側御用取次だからといって、ひるみや遠慮、気後れはまずあるまい。

黙兵衛がよくしている刀の手入れと同様、きっと手順を決めて粛々と進めるにちがいない。

必死に足を進めるうち、同じような形をした三つの低い山が見えてきた。

あれは、と伊之助は思った。話にきく大和三山ではないか。

耳成山《みみなしやま》、畝傍山《うねびやま》、天香具山《あまのかぐやま》。

声をだすのは苦しくてならなかったが、伊之助の好奇の気持ちのほうが勝った。前を行く黙兵衛にたずねる。

そうだ、あれが大和三山だ。

黙兵衛からはそんな答えが返ってきた。

「やっぱりそうでしたかい」

伊之助、うれしいのか。

「ええ、やっぱりこんなに近くで見られるのは、とてもうれしいですよ」

そうか、よかったな。

黙兵衛が笑ってくれた。鍛え方がちがいすぎるのか、苦しさなど微塵《みじん》も感じさせない笑顔だ。

「あそこですよ」

畝傍山の麓《ふもと》までやってきて、ようやく足をとめた聞左衛門が指さした。

「へえ、あれがそうなんですかい」

伊之助はじっくりと眺めた。目の前に、深い堀がつくられており、その向こうにこんもりとした土の盛りあがりがある。

これが第一代の天皇さまの陵《みささぎ》かあ。感動だなあ。

さすがに、自然に頭が下がるような雰囲気に満ちている。

といっても、実際にここに本当に神武天皇が眠っているのか、はっきりわかっていないと伊之助は耳にしたことがある。なにしろ神武天皇といえば、もう二千何百年も前にいらしたお方で、百二十七まで生きたといわれているのだから。

「聞左衛門さん、どこに啓西はいるんですかい」

伊之助は陵を見渡した。

「ほら、あのあたりに人足が集まっているだろう」

聞左衛門のいう通りで、数百はいると思える男たちが、蟻のように懸命に働いているのが見える。

「あのなかに啓西がいるんですね」

「わしの調べではそうだ」

「よし、音無の旦那、行きましょう」

ようやく息は落ち着いてきたが、伊之助は胸がどきどきしてきた。痛いくらいだ。

今日は、空振りは勘弁してほしい。

つい先日、成務《せいむ》天皇の陵で人足として働いているということで、伊之助たちは駆けつけたが、啓西はすでにそこを逃げだしたあとだった。

その二の舞は踏みたくない。

今日はきっと大丈夫なのではないか。啓西はいるのではないか。

よし、見てろよ、必ずとらえてやる。決して逃がさんぞ。

伊之助はかたく心に刻みつけた。

伊之助の決意を知ってか知らずか、黙兵衛が足早に歩きだす。伊之助はうしろにぴったりとついた。

人足を差配する男に話をきき、啓西がいるかどうか確かめる。

つい二日前までこの陵の人足場にいたらしいのがわかったが、そこまでだった。またも啓西は姿を消していた。

五

「ご住職」

本堂での読経を終え、退出しようとしていると、背後から声が届いた。

慈寛が振り向くと、若い修行僧が入口のところに立っていた。

「文が届きました」

修行僧が入ってきて、一礼してから慈寛に手渡した。

「すまぬな」

「いえ。――失礼いたします」

修行僧はきびきびとした動きで、本堂を出てゆく。熱心に仏道につとめていることがわかり、慈寛は心にほんのりと灯りがともったような気分になった。

やはり若い者が一心にがんばっているのを目の当たりにするのは、気持ちのよいものじゃのう。

心が洗われるとは、こういうことをいうのじゃな。

「さて、どなたかな」

文をひっくり返して見る。

慈寛は顔をしかめた。

ちと、見えにくいのう。さっき読んでもらったほうがよかったの。

見栄を張ったのがしくじりだった。

わしという男は、本当にいつまでも見場を飾ろうとするのう。こんなので、よく若い者たちの手本となろうとしているものよ。

慈寛は手を伸ばし、火のついたろうそくに文を近づけた。

「どれどれ」

上にかざして、じっと見た。どうやら、とつぶやいた。

「伊之助さんからじゃのう」

ということは、と慈寛は思った。奈良からだろう。初美と無事に会えたという報であればよいが。

しかし、差しだした者の名を知るのに、これだけ苦労しなくてはならぬとは、情けないのう。歳《とし》は取りたくないものよ。

でも、伊之助さんももう少し字を大きくしてもらいたいのう。

口のなかでぼやきながら、慈寛は封を切った。

文自体、さほど小さな字は用いられていなかった。伊之助は意外な達筆で、文章自体、よく書き慣れているようだ。おかげで、読み終えるのにさほど苦労はなかった。

内容は予期した通りだった。

ああ、よかった。慈寛は胸をなでおろした。

姿を消した初美について、あの子は賢いから大丈夫だろうという思いはあったものの、やはり心配でならなかった。

いくら聡明で目端がきくといっても、あまりに美しすぎる。あの美しさは、泥を顔に塗りたくっても、見る者が見れば、はっきりとわかってしまうだろう。

若い女が一人で奈良に向かい、不届き者に狼藉に遭わないか、それが気がかりでならなかった。

とにかく、と慈寛は思った。無事だったのはなによりだ。

むっ。慈寛は胸を押さえた。どうしてか痛い。

肺か心の臓の病か。かもしれない。老眼だけではない。もうわしも歳なのだ。

だがもしかすると、ちがうかもしれない。病ではなく、胸騒ぎではないか。

伊之助の文を読んで、安堵したのは事実だが、どうしてか心が落ち着いたとはいえないのだ。

これはいったいなんなのか。

どうして心が波立っているのか。なぜ読経を終えたばかりなのに、穏やかでいられないのか。

初美の身に、なにかが起ころうとしているのか。

そうではなく、黙兵衛に、だろうか。あるいは、伊之助ということも十分すぎるほど考えられる。

とにかく、悪いことが起きようとしているのではないか。そんな気がしてならない。

慈寛は経を唱えてみた。

しばらく続けてみたが、不安は消えてなくならない。

むう。慈寛はうなり声をあげた。

こんなことは滅多にあるものではない。経というのは、気持ちを落ち着けるのに、すぐれた効き目があるのだ。

やはり、黙兵衛たちの誰かになにかが起きる前兆だろうか。

休雲を含めた全員ということは、考えられないか。

文をていねいに畳んでから懐にしまい入れ、慈寛は立ちあがった。

喉が渇いてならない。庫裡《くり》に行き、自分の部屋に戻る。床の間の前に座り、手のひらを打ち合わせた。

「お呼びでしょうか」

先ほどとは別の修行僧が、襖を横に滑らせて顔をだす。

「茶を頼む。濃いやつを」

「承知いたしました。すぐにお持ちいたします」

心をなんとか静めようと、慈寛は目を閉じ、再び読経してみた。

自室に戻ったのがよかったというわけではあるまいが、少しは冷静さが戻ってきたような気がする。

だからといって、黙兵衛たちになにも起こらぬというわけではあるまい。

茶がもたらされた。

慈寛が愛用している大ぶりの湯飲みに、注文通り、濃くいれられている。

うむ、うまい。

鎌倉の頃、唐《から》の国から苦難の末に日本へ茶を持って帰ってくれた栄西師《えいさいし》に、深く感謝しなければならない。これほどすばらしいものは、ほかにそうはない。

茶を喫し終えて、慈寛は湯飲みを茶托《ちゃたく》に戻した。

さて。つぶやいて立ちあがり、文机《ふづくえ》の奥にしまいこんである袱紗《ふくさ》包《づつ》みを取りだした。

この袱紗包みは、初美の父親である堀泉季綱から預かったものだ。

あれはまだ自分が、東大寺の明厳院にいたときだ。不意に一人で訪れた季綱は、理由はなにもいわず、ただ、これをお願いします、と慈寛に押しつけるようにして、去っていったのだ。

袱紗包みからはなんともいえない、いい香りがした。なにもかも忘れられるような、えもいわれぬ香りで、命に新たな力が吹きこまれるような気分になった。それなのに、これがなんであるか、慈寛はわからなかったのである。迂闊《うかつ》以外のなにものでもない。

季綱は明らかに悔いていた。もし、あのときすべてを慈寛に正直に告げていたら、あるいは殺されずにすんでいたかもしれない。

文机の前で目を閉じ、慈寛はしばらくじっとしていた。

目をひらく。

よし、わしも奈良へ行くか。

慈寛はすっくと立ちあがった。部屋を出て、廊下を歩きだす。

目が爛々《らんらん》と輝いているのは、わかっている。老眼など一切感じさせず、廊下を行く足の運びも若い修行僧になんら遜色《そんしょく》はないはずだ。

これなら大丈夫だろう。きっとすぐに行き着けよう。

慈寛は確信を抱いた。

第二章

一

まだ若いのに、沈痛な表情がよく似合うのう。

向かいに正座している男を見て、水野忠秋はそんなことを思った。

すでに深夜に近く、行灯の光がわびしく当たっていることも、男の顔を悲しげに見せている理由の一つだろう。

それに、ずいぶんと体が小さく見える。家臣を一人失ったからといって、ここまでやつれなくてもいいと思うが、このあたりは本人の性格としかいいようがないのではないか。

一万石といえども大名なのだから、もっとどっしりと構えたほうがいいと思うが、まだ二十八の若さということもあって、それは無理なのかもしれない。

だが、わしがこの歳の頃にはもっとしっかりしておった。器のちがいといってしまえばそれまでだが、やはり殿さまなのだから、重みというか、それらしい風格がほしいものだの。

「さようか、それは残念だったのう、厳則どの」

忠秋は、柳生家の殿をいたわるようにいった。

「はい、まことに……」

柳生厳則は顔を伏せ、葬儀の真っ最中のような暗い声で答えた。

厳則の頭が赤くなっているのを忠秋は見た。

日焼けしておるのか。

ちがう。

さらに見つめた。殴られたような跡がついているように見える。

しかし、柳生の殿さまを殴るような者がいるのか。

となると――。

忠秋は、理由に思い当たった。

そういうことなのだろうか。まさかとは思うが、あり得ぬことではない。なにしろ、まだこの男は幼さを感じさせるゆえな。

「惜しい家臣を亡くしたの」

忠秋は言葉を続けた。

「はい、まことに」

巌則が同じ台詞《せりふ》を繰り返す。

「巌則どの、顔をあげられよ」

巌則が素直にしたがう。このあたりは、なかなかききわけがよい。

「岡西佐久右衛門が音無黙兵衛に討たれるとは、正直、わしも思わなかった。岡西がすばらしい遣い手であることは、巌則どのからよくきかされていたからの」

「申しわけないことにございます」

巌則が畳に額をこすりつけるようにした。また赤い頭が見えた。

「それがし、水野さまにまったくの偽りを申しあげてしまいました。岡西の実力を見誤っていたようにございます」

「そのようなことはあるまい」

忠秋は、赤い頭に向かって否定の言葉を投げた。

「岡西佐久右衛門が、すばらしい遣い手だったのは事実であろう」

「しかし、現に音無黙兵衛に敗れ去りましてございます」

厳則がさらに語を継ぐ。

「この前、ここでお会いしたあの男――」

そこに面影を映しだすように、天井を見つめている。

誰のことを指しているのか、わかったが、忠秋はなにもいわなかった。

厳則が小さく点頭する。

「荒垣外記どのと申したあの男は、岡西では無理というようなことをいっておりました。それがしは無視を……」

確かにその通りだが、あれは荒垣外記が、岡西の実力を評してたいしたことはないといったのではなく、音無黙兵衛が外記にとって宿敵に当たるということから、自分以外に討つ者がいない、いるはずがない、といいたかったにすぎない。

本音をいえば、忠秋自身、岡西佐久右衛門に期待していた。音無黙兵衛を倒してほしかった。

天下流の柳生新陰流発祥の地で、最高の遣い手。それがただの浪人でしかない音無黙兵衛などに、後れを取るはずがないと信じていた。

しかし、その期待はもろくも潰《つい》え去った。残る期待は荒垣外記ということになるが、黙兵衛を討った引きかえに若年寄を望むような小さな男だ。無理ではないか、という気がしないでもない。

だが、あれだけ自信たっぷりに、岡西佐久右衛門では黙兵衛を討つのは無理といいきった男でもある。冷静に実力を見定めるだけの目はあるということだろう。

しかも、政敵の牧野貞重《まきのさだしげ》の引きにより、新しく老中になった土井利直《どいとしなお》を、殿中で見事に殺している。外記自身、闇討ちを否定しているし、御典医の検死でも、卒中によるものというように発表されているが、あれは柳生の闇討ちの技だろう。

荒垣外記という男は、それほどの技を持っている。

それだけの腕を持ち、しかも自分なら黙兵衛を殺《や》れると確信しているのなら、本当にしてのけるかもしれない。

冷静に彼我の腕を計った結果、黙兵衛を倒すことができる、と確信するに至ったのではないか。

今、忠秋は、外記に大きな期待を寄せつつある。

音無黙兵衛を殺してほしい。この世から葬り去ってほしい。

なにしろあの男は疫病神《やくびょうがみ》なのだ。音無黙兵衛のことが耳に届きはじめてから、やることなすこと、うまくいかなくなったような気がする。

いや、気などでは決してない。現実にそうなのだ。

堀泉季綱、福原屋五郎助、天園綱右衛門《あまぞのつなえもん》。この三人の口封じをし、今も啓西を始末しようとしているが、それよりもなによりも音無黙兵衛を殺してこそ、まとわりついている悪運の衣を脱ぎ捨て、すべてのことがうまくまわりだすのではないか。

そうだ、そうに決まっておる。だから、どんな手をつかっても、音無黙兵衛を亡き者にせねばならぬ。

しかし、と忠秋は思った。頼りにしていた桑名《くわな》の伊賀者たちはしくじったようだ。伊賀者の頭である服部九蔵《はっとりきゅうぞう》から、なんのつなぎもない。

つまりは、やつも殺されたということか。

むう。忠秋は心中でうなり声をあげた。九蔵にどれだけの配下がいたのか知らない。だが、伊賀者の意地に賭けても黙兵衛を倒すつもりでいたのは、疑いようがない。本国伊賀に腕利きを派してくれるように、依頼までしたのではないか。

そこまでしたのにもかかわらず、九蔵たちは敗れ去ったのだ。

総力を挙げた伊賀者を返り討ちにした男。そんな化け物のような男を、どうすれば屠れるというのか。

暗澹《あんたん》となったが、だから、と忠秋は顔を輝かせて思いだした。荒垣外記がいるではないか。

あの自信満々の男なら、きっと黙兵衛をあの世に送りこんでくれよう。あの男もこの世に棲む化け物の一人なのだろう。化け物を退治するのには、化け物にすがるしかないようだ。

外記、頼む。頼むぞ。

いつしか忠秋は、祈るような気持ちになっている。知らず、両手を合わせてかたく目を閉じていた。

「どうされました」

いぶかしげな声が届いた。

忠秋ははっとした。目の前に厳則がいるのを失念していた。

どうかしておるぞ。

自らを叱りつけるや、忠秋はしゃんとし、目をあけた。

顔をあげた厳則が、こちらを凝視していた。赤い頭はわずかに上のほうが見えているにすぎない。

「供養よ」

忠秋は静かに告げた。

「供養にございますか」

厳則が意外そうにいう。

「そうよ」

忠秋は深くうなずいてみせた。

「岡西佐久右衛門のな」

あっ、と厳則が女のように身をよじった。その勢いのまま、がばっと平伏する。

「かたじけなく存じます。岡西も喜んでいることにございましょう」

忠秋は厳則を見つめた。

「厳則どの、岡西の遺族には手厚くしてやることじゃ」

「はい、仰せの通りにいたします」

「岡西に兄弟はおらぬのか」

「おりませぬ。弟がいましたが、数年前に病死しております」

「さようか」

忠秋は顎をなでさすった。

「跡取りは」

「おります。誠八郎と申し、二十四にございます」

「腕は立つのか」

厳則が瞠目《どうもく》する。かすかに腰まであげている。

「確かに立ちまする。水野さまは、誠八郎を音無黙兵衛の刺客に立てろと」

忠秋はやんわりと手を振った。

「わしが、そのようなことをいうはずがない。岡西のせがれなら腕は立つのはわかるが、今のままでは岡西を超えるどころか、岡西に並ぶのもむずかしかろう。音無黙兵衛を討つのは無理よ。犬死にすぎぬ」

安堵したように、厳則が体から力を抜いた。

「厳則どの」

忠秋は呼びかけた。

「そなた、岡西を刺客にしたこと、悔いておるのか」

厳則は明らかにどきりとした。

「そのようなことはありませぬ……」

打ち消したが、語尾がかすれた。

「さようか」

嘘であると見抜いたが、忠秋はそれ以上、いわなかった。こんな若い男を追いこんだところで仕方ない。

虎が描かれた襖の向こう側の廊下に、人が立った気配がした。

「殿」

家臣の声は、深夜ということもあるのか、ずいぶんと響きがよかった。ただ、切迫したというような感じはない。喫緊の事柄ではないということだろう。

「どうした」

「客人にございます」

御側御用取次という要職にある以上、来客はまったく珍しくないが、すでに夜も九つ近くまで更けている。こんな刻限に訪ねてくる者は珍しい。

「誰かな」

なんとなく見当はついたが、忠秋はきいた。

虎の襖をあけて膝行した家臣が、言葉を静かに耳に吹きこんだ。

「そうか。通せ」

「承知いたしました」

家臣が襖を閉め、出ていった。足音が遠ざかってゆく。

「水野さま、それがしはこれにてお暇《いとま》いたしまする」

気をつかったらしい厳則が大儀そうに立ちあがった。客が誰なのか、知りたいという好奇の光が瞳に宿っている。

「さようか。客は飯岡屋じゃ」

忠秋はあっさりと口にした。ああ、と厳則が思いだした顔つきになる。

「両替商の」

「さよう。余が借金を申し入れておるのでな、その返事を持ってきたのでござろう」

「まさか、水野さまに限って借金などと、そのようなことはございますまい」

「それがあるのよ」

片目をつぶってみせてから忠秋は立ち、襖をあけた。

「御側御用取次をつとめているゆえ、付け届けがあるなど裕福そうに見えるかもしれぬが、内実は火の車にござるよ」

「さようにございますか」

厳則は困ったような表情になり、小さく笑っただけだ。

「では、これにて。飯岡屋どのによろしくお伝えくだされ」

「承知した」

厳則が一礼し、廊下を歩きだす。

見送った忠秋は座敷に戻った。

床の間を背に座り、脇息《きょうそく》にもたれかかった。体が楽に感じられ、わしも歳かな、と考えた。

そんなことはあるまい。まだまだ若い者には負けぬ。

人生五十年というが、まだ超えたばかりではないか。老けこむ歳ではない。

外記も似たような歳だろう。音無黙兵衛はいくつなのか。

詳しい歳は知る由もないが、まだ三十前なのではないか。そんな気がする。

その前に、やつはそもそも何者なのか。それすらも、これまでに知らなかった。

まったくわしはうつけ者よ。こんなことで、牧野貞重を葬れる日がやってくるものか。

もっとも、音無黙兵衛については、すでに探索を依頼してある。奈良奉行に据えた内藤直安《ないとうなおやす》だ。

やつはわしに恩義を感じている。きっと、音無黙兵衛の正体を暴きだしてくれるにちがいない。

期待しておるぞ、と忠秋は西へと顔を向けて、つぶやいた。

そういえば、と思いだした。内藤は黙兵衛を始末することに関し、手を一つ打ってあると文に書いてきた。

手とはいったいなんなのか。文にはなにも記されていなかったが、期待していいものなのか。

なんとなく忠秋は安心した。外記と併せ、二つの手立てがあることになる。

二つもあれば、きっとどちらかが成功するだろう。

よし、よし、いいぞ。これで疫病神は消えてなくなるはずだ。

忠秋は一人、にんまりとした。虎の襖に目を当てる。

しかし飯岡屋は遅いの。なにをしておるのか。

脇息から体を離し、耳をそばだててみたが、廊下を渡ってくる気配はない。

おかしいの。厠《かわや》にでも行っておるのか。

そうかもしれない。

忠秋は再び脇息に体を寄りかからせた。柳生厳則の頭のことがふと思いだされた。

どうして殴られたように赤くなっていたのか。

答えは一つだ。自ら頭を殴りつけたのだろう。

どうしてそんな真似をしたのか。

岡西佐久右衛門を殺したことを、後悔したからだ。そうではなく、わしの口車に乗って、岡西を刺客として駆りだしてしまったことを悔いたのだろうか。

両方かもしれぬ。

とにかく、厳則は悔いた。おそらく涙を流して後悔した。

だから、せがれのことをきかれたとき、あんなに驚いていたのだ。

もしわしがせがれに黙兵衛を討つように依頼したら、厳則はなんと答えただろうか。

きっと、そればかりはご容赦ください、と懇願しただろうか。

だがどのみち、と忠秋は思った。せがれは黙兵衛を討ちに出るはずなのだ。父の仇討をせずにいては、侍ではないからである。

きっと黙兵衛を殺そうとする。だが、残念ながら返り討ちにあうであろう。

あたら将来のある若者が死にゆくのは悲しいことではあるが、これも侍に生まれついた定めとしかいいようがない。

わしだって、いつ死ぬるかわかったものではないのだ。

土井利直のように刺客に襲われるかもしれない。

もし外記がその気になれば、わしに逃れるすべはないだろう。

黙兵衛を討って外記が江戸に帰ってきたら、さっそく若年寄にするべく手を打たねばならない。

若年寄は大名職だから、まずは外記を加増し、万石以上の者にしなければならない。そのくらいはたやすい。

それにしても、と忠秋は首をひねった。飯岡屋は遅いの。なにをしているのか。それともなにかあったのか。

忠秋は我慢しきれず、立ちあがった。虎の襖に歩み寄る。

廊下をやってくる足音がきこえた。

来たか。

忠秋は席に戻り、脇息にもたれた。

「飯岡屋がまいりました」

家臣が告げ、虎の襖が横に動いた。飯岡屋仁ノ助が頭を一つ下げてから、しずしずと入ってきた。

二

「よう来た」

水野忠秋にいわれ、仁ノ助はとりあえず平伏した。

「そこに座れ」

仁ノ助は水野が指し示す場所に、静かに腰をおろした。背筋を伸ばす。

水野がじっと見ている。体は筋張っているが、顎がやや長い顔だけ見れば、端整といえる。なかなか目が鋭く、見つめられると、身がこわばってくるような感じがある。人に落ち着きをなくさせる瞳だ。この手の目を持つ者は幕府の要人には少なくないが、どこか人のよさのようなものもそこはかとなく見えており、そのあたりが将軍に気に入られているのかもしれない。

酷薄な男というのが多くの者の評だが、政争において、もしかすると、その点が甘さとなってあらわれてくるかもしれず、忠秋が足をすくわれるとしたら、そのあたりになるのかもしれなかった。

「飯岡屋、ずいぶんと顔を見せるのが遅かったが、なにをしていた」

仁ノ助は鬢を少しかいてから、水野を控えめに見つめた。

「面目ないことにございます。厠をお借りしていました」

「それにしては長かったのう。小用ではなかったのか」

「はい。今日はなにが悪かったのか、こちらにまいる途中、腹の具合が悪くなってしまいました」

「そうであったか。いい物ばかりを食べているはずの飯岡屋にしては珍しいこともあるものよ。もうよいのか」

「はい、おかげさまで、今はなんともございません」

厠を借りたのは事実だった。しかし、仁ノ助がしていたのは、水野屋敷の雰囲気を知ることだった。

水野忠秋は過去の悪事を消し去ろうとしているが、それがうまくいっているとはいいがたい。

そのことは水野自身、自覚しているだろう。

船が沈む前、鼠《ねずみ》が逃げだすときく。仁ノ助としては、家臣たちに浮き足立った様子や空気があるかどうか、知りたかった。

今のところ、まだそんな気配は感じ取れなかった。

だからといって、水野家が傾きかけていないという証にはならない。

家臣たちは、あるじが御側御用取次という要職にあることに安心し、水野家という船が沈むことがあるなど、心にも留めていないのではないか。

危うい兆候以外のなにものでもない。水野忠秋から頼まれていることがあるが、断るべきか。

「今日はなに用じゃ」

仁ノ助は意外そうな顔をつくった。

「用事がなければ、まいってはいけないのでございますか」

「そんなことはない」

水野が鷹揚にいってみせたが、ややうろたえ気味だったのを、仁ノ助は見抜いている。

「しかし、よいところに来てくれた」

水野が甘い声をだす。

「よいところ、とおっしゃいますと」

「とぼけるでない」

水野が顔をしかめ、仁ノ助をにらみつけてきた。もっとも目元は笑っている。

「前に依頼した金のことよ」

「ああ、あれでございますか」

「どうだ、頼めるか」

ほんの数日前、店に水野忠秋がふらりとやってきて、金を貸してくれるように頼んできたのだ。

「そうだ。おぬしにとってははした金であろう」

「とんでもない」

仁ノ助は本気でいった。

「大金にございます」

「貸してくれるか」

どうすべきか。やはりやめるべきだろうか。貸すのは名目で、差しだすのと意味は変わらないということもある。沈みゆく船につぎこむのは、愚の骨頂だろう。

「水野さま、いったいなににおつかいになるのでございますか」

きかれて水野が苦い表情になる。

「いわぬと貸さぬのか」

「できれば、おききしたいと考えております」

「ちと、いいたくないのう」

「さようにございますか」

「飯岡屋、いわぬと、本当に貸さぬのか」

「正直、悩んでおります」

「一万両でしたね」

水野がいらいらと爪を嚙んだ。

「悩むことではあるまい。飯岡屋、わかるであろう。わしが今、どのような立場にいるかを、そなたはよく知っているであろうに」

つまり、と仁ノ助は思った。政争に勝つためにつかうということか。

「解したようだな、飯岡屋。今、余に貸しておけば、払いは莫大なものになるぞ。どうだ、悪い話ではあるまい」

金で要人を味方に引き入れ、政争に勝利しようというのだろう。

この程度のことは古来より繰り返されてきたことにすぎないが、いつになったら政《まつりごと》をする者は、目が覚めるのか。

仁ノ助は強く思った。

金、金、金。それしかないのか、といいたい。ほかにないのか。

自分は商人だから、金は命と同じくらい大切で、大事につかおうとしているが、それと同じ意識で政をする者たちは、どうすれば下々の者たちが安楽な暮らしができるか、それだけを考えてほしい。

今、庶民は諸式の値上がりに苦しんでいる。だが、政を行う者たちがこのていたらくだから、庶民は苦しみから少しも逃れることができない。

金や政争に勝つことなど、どうでもいい。牧野貞重に勝つのと同等の執念と力の入れようで、庶民のための政を行ってほしい。

「よいか、飯岡屋、そなたには今以上の富が集まるのだぞ。商人として、これ以上のことはないであろう」

くだらぬ男よな、と仁ノ助は思った。まだこんなことをいっている。少しは、こちらの気持ちを読むことができればちがうのだろうが、それは望むべくもないようだ。

はやく、と仁ノ助は思った。外記さまに天下を取ってほしい。

そうなれば、私欲のために働く者など、きっと一掃される。生き甲斐に満ちた世がやってくるのではないか。

「どうだ、飯岡屋、返事をせぬか」

お断りいたします。

叩きつけるようにいえたら、どれほど気が晴れるものか。

しかし、仁ノ助は柔和に笑ってみせた。ここは外記のためにも耐えねばならない。

もし俺が激したら、それで外記さまはおしまいだ。天下取りの夢は消えてなくなってしまう。

牧野貞重からも、金を貸すようにしつこくいわれている。

ここは、と仁ノ助は思った。とりあえず水野に肩入れし、牧野側を叩き潰させて、若年寄になられる外記さまが出世しやすいようにすべきなのか。

すぐに、先ほどの船を逃げだす鼠のことが頭をかすめた。

この期《ご》に及んで迷うとは、わしは本当に商人なのか。江戸の両替商の九割に影響を与えることのできる店の当主なのか。

情けないやつめ。いつしか、外記さまがいないとなにもできない男に成り下がってしまったわ。

今はおのれの決断こそが重要だ。きっと外記さまも、俺の判断を責めるようなことはするまい。

よし、決めた。

仁ノ助は顔をあげ、穏やかな目で水野を見た。

「水野さま、わかりました。一万両、おだしいたします」

「まことか」

仁ノ助の言葉をきくやいなや、水野は勢いよく立ちあがった。そのはずみで脇息が、虎が描かれている襖の前まで転がっていった。

「これで、ついに――」

小躍りせんばかりの水野は天井に向かって叫ぶようにいった。そのあとは口にしなかったが、なにをいいたかったのか、仁ノ助にははっきりとわかった。

――牧野貞重を叩き潰せるぞ。

それにしても、と仁ノ助は思った。今、外記さまの一行は、どちらにいらっしゃるのだろう。

三

すでに四つ近い。

真っ暗だ。先に見えている灯りは、宿場があることを示す常夜灯だろう。

蛙の鳴き声がかまびすしい。雨が近いのか。頬に当たる風は、やや湿り気を帯びている。

「どうやら着いたようだな」

荒垣外記はつぶやいた。さすがにほっとする。

袴《はかま》はすでに乾いている。東海道きっての難所といわれる大井川を渡ったとき、ひどく濡《ぬ》れたのだが、大井川からここ掛川宿まで五里近くあり、歩いている最中、まとわりつくことはいつしかなくなった。

それにしても、と外記は思った。大井川を歩いて渡った者など、最近では珍しいのではないか。

大井川といえば、川越人足や蓮台による渡河が当然で、川幅が三十間ほどのところを渡ることが厳として定められている。

しかし、川越人足たちは夜は仕事をしない。金にものをいわせて、ということもできない。人足と旅人が代に関して、じかに掛け合うことは許されていないからだ。

そのために、外記は人足たちが旅人を渡す場所をはずして、渡河することを決意した。川越人足をつかわずに渡河することや、定められた場所以外から川に入ることは禁じられているが、外記はかまうことなく、川幅がやや広い場所から大井川の流れに足を踏み入れたのだ。外記たちの渡河を目にした者がいたかもしれなかったが、咎《とが》める者はいなかった。

ただし、渡河はさすがに難儀を極めた。大井川は水量が豊かで、しかも流れがはやかった。腰のあたりまで水につかり、一歩、一歩、慎重に足を踏みだしていかないと、あっという間に流されそうな気がした。

ほんの四十間ほどの川幅が、一里ほどにも感じられた。

これは、まだまだ鍛え方が足りないということだろう。慣れもあるのだろうが、川越人足のほうが、自分たちより足腰が強いのではないか。

外記を含めた十六名すべてを縄でつないで川を渡るということも、考えてみた。だが、それはやめておいた。もし力が足りずに流される者がいたとしたら、その者は、音無黙兵衛との対決にはつかえない。そんな家臣は、はなからいないほうがいい。

もし川越人足をつかえる刻限に大井川を渡ることになっていたとしたら、外記は蓮台を使っていただろう。その場合、代は三百八十四文になる。

大井川を人足に渡してもらう場合、川札というものが必要で、それは水かさによって代が異なるのだが、一番水量の少ない渡りやすいときで、一枚四十八文だ。蓮台に乗る場合、最も安い平蓮台の一人乗りのものでも四人の人足が必要となり、これだけで百九十二文かかる。さらに蓮台を利用する際には台札というものがなくてはならず、これは川札の倍の値がする。平蓮台の一人乗りでは、二枚の台札が要《い》る。

これで、計三百八十四文かかるという計算である。

確かに安くはないが、渡河するときの安心を買うと思えば、決して高くはないのではないか。

もっとも、いかな練達の川越人足でもときに流れに足を取られ、肩に乗せた旅人を投げだしてしまったこともあるようだ。

荷物を体に巻きつけ、着物を身につけたままでは、ふつうの者なら無事ではすまされまい。

外記たちは、まったく人けがなく、蛙の鳴き声以外は死んだように静かな宿場内を足早に歩いた。

ここは遠い戦国の昔、千代の内助で有名な山内一豊《やまうちかずとよ》が居城とした城下町である。一豊は十年あまりにわたってこの地に居住し、町を総構えとした。

今、外記が歩いている町は、一豊が基をつくりあげたといって差し支えない。

右側を見あげてみた。

本来なら、夜空を背景に浮かびあがる掛川城の天守をおぼろげに眺めることができたはずだが、残念ながら、地震によって倒壊してしまったという。掛川城は三層の天守だったらしいが、できればこの目で実際に見たかった。

「ここだな」

西に向かって宿場内を歩き続けていた外記は、一軒の旅籠の前で足をとめた。掲げられている扁額《へんがく》をじっと見る。

高縞屋《たかしまや》とある。ここもむろん飯岡屋の息がかかった旅籠だ。

入口はあいており、そこから光が路上ににじみ出ている。

家臣の一人が進み出て、なかに声をかけようとする前に番頭らしい男が出てきて、ていねいに小腰をかがめた。

「荒垣さまのご一行でいらっしゃいますね」

家臣がそうだと答えると、番頭は明るい笑顔になった。子細は承知いたしております、すべておまかせください、と表情が語っている。

「お待ちいたしておりました。どうぞ、お入りください」

あげられた暖簾を外記がくぐろうとしたとき、番頭が一瞬、怪訝そうな顔をした。

外記は、どうかしたか、ときいた。

「いえ、なんでもございません」

番頭が笑みを浮かべて首を振る。

「申せ」

外記が鋭くいうと、番頭がおびえた顔になった。

「はい。夏だというのに、氷室に入っているかのような冷たい風が流れていったものですから、つい」

またか、と外記は思った。これはいったいなんなのか。

宿の者は、全員が起きているようだ。女中たちが外記たちの世話を、手際よくしてくれた。

まず足を洗ったあと、番頭に案内され、外記たちは部屋に通された。ほかに客のいる気配はない。高縞屋は今夜、他の客は入れていないのだ。

外記は風呂に入り、遅い食事をとった。風呂は新しい湯で、実に気持ちよかった。食事もあたたかなものが次々にだされ、ほっとするものがあった。

さすがに飯岡屋というべきところだが、この宿自体、疲れた旅人をねぎらおう、元気づけようという気持ちにあふれているように見えた。

いい宿だな、と外記は心の底から思った。飯岡屋は、すばらしい宿を手配りしてくれたのだ。

家臣たちも喜んでいるだろう。今日は、三十里近い距離を一気に歩き通した。距離としては昨日のほうが歩いているが、疲れは今日のほうがたまっているはずだ。

外記は一人、食事を終え、布団の上に横になった。

日光によく当てられたようで、布団からはいい香りがしてくる。幼い頃、太陽のにおいだと思ったものだが、その感じは今も変わることはない。

これなら心地よく眠れそうだ。行灯を消すことなく、外記は目をつぶった。

しかし、なかなか寝つけなかった。どうしてか気が高ぶっている。

布団をのけ、外記は上体を起こした。

酒を頼むか。

やめておこう、とすぐに思った。好みの酒を用意していないということもあるが、ここまで旅してきて酒に頼って眠りにつくのが腹立たしく思えるからだ。

それとも、行灯を消すか。それも毎日の習慣を変えるようで、つまらない。

旅に出たといっても、常の暮らしと変わらないようにするのがよい。そのほうが楽なのだ。

布団に身を預け、外記は再び目を閉じた。

やはり眠れない。

どうしたことか。

こういうときは、なにか気持ちが落ち着くことを考えたほうがいい。

となれば、およしだろう。

今、どこにいるのか。

昨日は川崎だったが、今宵の宿は戸塚のはずだ。

およしの宿も、仁ノ助が手配してくれた。きっとここに劣らず、いい宿にちがいない。

とうに宿に着き、今頃は眠っているだろう。いい夢を見てくれているといいが、果たしてどうだろうか。

わしがおよしのことを想っているように、およしもわしのことを深く考えていてくれるだろうか。

およしのことを思えば気持ちが楽になり、眠りにつけるかと思ったが、そうではなかった。

どういうことだ。

外記はいぶかしんだ。もしや黙兵衛との対決が近づきつつあることを、肌がいちはやく察しているのか。

黙兵衛とはどういう対決になるのか。

まず家臣たちが襲いかかる。一人残らず斬り殺されるだろう。

だが、少しは黙兵衛を疲れさせることができるはずだ。

宿敵との対決に家臣を捨て駒とすることに忸怩《じくじ》たる思いがないわけではないが、こちらは大望のある身だ。勝つことに徹することこそ、天にかなう道だろう。

それにしても、黙兵衛との対決は一撃で決まるのか。それとも、長引くのか。

岡西佐久右衛門が殺されたのはわかっている。そんなのは、きくまでもないことだ。

なにしろ、音無黙兵衛を倒すのは荒垣外記だからだ。

岡西は一撃で殺られたのか。どうもそんな気がする。

岡西は相当の遣い手だっただろうが、黙兵衛はそのはるか上をいったのだろう。

それでなければ、楽しみがない。

わしは、一撃で黙兵衛を屠ることができるか。

できぬことはなかろう。

黙兵衛の袈裟斬りをすらせ、胴に刀を振り抜く。

それで黙兵衛は地面に倒れ伏す。それきり動かない。

だが、それではあまりにあっけなさすぎないか。ずっと待ち望み続けた宿敵との対決とはいえない。

となると、わしは苦戦するのか。

苦戦というのは、長引くことを意味するのか。

そうなのだろう。戦いはきっと長いこと続くのだ。

長引こうと、勝つのはこのわしだ。

おのれが敗れることは一切考えない。かたわらに黙兵衛の死骸が横たわっている。

そのことしか、頭に思い描くことはできない。

楽しみだ。

いつしか心が安らかになっている自分に気づいた。

苦笑せざるを得ない。

まさかおよしではなく、黙兵衛に気持ちを休められるとは。

これはなにかの皮肉なのか。

とにかく、と外記は思った。これで眠りにつくことができそうだ。

明日もはやい。出立は、八つ半に決めている。眠っていられるのは、せいぜい二刻ほどだろう。

今、睡眠は金とはくらべものにならないほど貴重だ。

四

返す返すも残念だった。

昨日は、大和三山のそばまでわざわざ行ったのに、啓西を見つけることはできなかった。

朝飯どきにやってきた聞左衛門の注進にしたがって、畝傍山の麓にある神武天皇の陵の普請場へ赴いたものの、啓西はすでに姿を消したあとだったのだ。

啓西は、伊之助たちが追っているのを知っているわけではなく、堀泉季綱や福原屋五郎助、そして天園綱右衛門を殺した者が身近に迫っていることを、追われる者特有の直感で覚り、いちはやく逃げだすのだろう。

「今日は見つけたいものだな」

休雲が飯を豪快にかきこみながら、伊之助にいった。

「そうなったらいいんですけど」

伊之助は箸を膳の箸置きに戻した。

「なんといっても、啓西和尚を見つけるのはあっしらにはむずかしいですからね。どうなりますかね」

「あの無礼な男頼りということか」

「それはもしかして、聞左衛門さんのことですかい」

「もしかしなくても、聞左衛門のことだ」

「前にもいいましたけど、聞左衛門さんと和尚はよく似ていますよ」

「なんだと」

休雲が口に入れた飯を噴きだしそうになった。

「いったいわしのどこがあの男に似ているというんだ」

「無礼なところですよ」

「わしのどこが無礼なんだ」

「いろいろです」

「そう、人を人とも思っていないところがたまにあるんですよ」

横からいったのは、おきさだ。

「おきささん」

休雲が情けない声で呼ぶ。

「なんですか」

「本当に帰ってしまうのかい」

「ええ、そのつもりです。いつまでも寺を留守にしておけませんから」

おきさは東海道の庄野《しょうの》宿近くで、駆けこみ寺をひらいているのだ。寺の差配役といっていい女だから、おきさが長いこといないと、いろいろ障りが出てくるのは確かだろう。

「寂しくなるの」

「休雲さんにそういっていただけると、とてもうれしい」

「本当かい」

「本当ですよ」

「でも、おきささんは、わしのことを人を人とも思っていないといった」

「ちょっと休雲さん、口が滑っただけです。気にしないでください」

しかし、そのおきさの言葉は休雲の耳に届いていないようだ。

「おきささんまでそんなことをいうなんて、わしは首をくくりたくなるよ」

「くくったらどうだい」

「なんだと、伊之助。それに、その口のきき方はなんだ」

なんですって、と伊之助は腰が浮くほどびっくりした。

「あっしはなにもいってないですよ」

「じゃあ、黙兵衛か」

「音無の旦那であるわけないじゃないですか」

「まあ、そうだな。だったら、誰だ」

休雲が食堂内をぎろりとした瞳で、見まわす。伊之助もならった。黙兵衛は平然として、なにも気にした様子はなく、静かに茶を喫している。

初美はくすくすとおかしそうにしている。おきさも同様だ。

伊之助は初美たちの目を追って、振り返った。

「あっ」

柱の陰に隠れるようにして、聞左衛門がいた。

「おまえか」

休雲も気づき、にらみつけた。

「いつからそんなところにいたんだ。まったく油断も隙もあったものじゃないな。おまえ、また朝餉を狙って、やってきおったんだな」

「とんでもない」

手を振りつつ、聞左衛門が柱の陰を出て、すっと姿を見せた。

「啓西の知らせを持ってきたんだ」

「まことですかい」

「ああ、まこともまことよ。伊之さん、行くかい」

「もちろんですよ」

伊之助は元気よく答え、立ちあがった。黙兵衛はすでに刀を腰に差している。伊之助も、黙兵衛に江戸で買ってもらった刀の入った袋を手にした。

「聞左衛門さん、啓西はどこにいるんですかい」

聞左衛門が告げる。

「今井町《いまいちょう》ですかい」

きいたことはない。

黙兵衛が伊之助を見る。

伊之助、とにかく出かけよう。

「さいでしたね」

伊之助は聞左衛門に目を転じた。

「行きましょう」

初美が少し寂しげな顔をしているのに、気づいた。

「初美さん」

伊之助はやさしく声をかけた。

「すぐに戻ってくるよ」

「ええ、待っているわ」

伊之助は初美を抱き締めたかったが、まわりに目がありすぎて、ここはこらえるしかなかった。

「和尚はどうするんです」

伊之助は休雲にただした。いつもなら連れてゆけと騒ぐところだが、妙に静かなのが不気味だ。

「わしも待っておる」

「どうしてです」

たずねたが、伊之助は即座に解した。

「おきささんが旅立つまで、一緒にいるつもりですね」

「一緒にいるんではなく、見送るだけだ」

休雲は唾を飛ばして、いい張った。

伊之助、行くぞ。

黙兵衛に急《せ》かされた。

その坊さんは置いていけばよい。

全力で駆けた。

だが伊之助より、黙兵衛や聞左衛門のほうがずっとはやい。

伊之助は引き離されないようにするのが、精一杯だ。

音無の旦那はわかるけど、聞左衛門さんもすごいなあ。だてに奈良奉行所の目明しをしていたわけじゃあないなあ。

おいらもがんばらないと、いけないよなあ。一番若いんだから。

それにしても暑い。燃えるような陽射しが左手から射しこんでくる。おびただしい汗が着物を湿らせている。顔も濡れたようで、いくらぬぐってもぬぐいきれない。ひどくしみて、目が痛くてならない。蟬の声が、まるで閉めきった部屋のなかできいているかのようにかまびすしい。

この猛烈な暑さは、盆地である奈良ならではないのか。故郷の古河も暑いが、もう少し風があって涼しい。

京の都もそうらしいが、どうして盆地というのはこんなに暑いのか。やはり山が屛風《びょうぶ》の役目をして、風が入りこまないからか。

でも、と伊之助は思った。この暑さはきらいではない。いかにも夏らしい。寒い冬よりよほど好きだ。

だったら、暑いなどと弱音を吐かずに、もっとがんばらないと。

伊之助は自らに気合を入れ直した。

「聞左衛門さん」

息をあえがせつつも、前を行く背中に声をかけた。

「今井町ってどこにあるんですかい」

聞左衛門が振り向く。やはり汗だくで、顔はゆで上がったように赤くなっている。ぐいっと手の甲で顔の汗をぬぐった。その仕草が意外に男らしく見えて、へえ、と伊之助は見直す思いだった。

「実をいうと、昨日、近くを通りすぎているんだ」

汗はひどくにかいているが、聞左衛門はほとんど息を乱していない。よほど鍛えている。こうでなければ、探索の仕事はできないのだろう。

「えっ、そうなんですかい」

「ああ、神武天皇陵のすぐそばの町だ」

「昨日、通りすぎたっていいましたけど、神武天皇陵の手前ってことですかい」

「そういうことだ」

聞左衛門が深くうなずく。黙兵衛も同じように首を引いた。

伊之助は、昨日の記憶を呼び起こそうとした。しかし、今井町という名が引っかかってくることはない。

「どういうところなんですかい」

伊之助は聞左衛門にきいた。

「伊之さんは、軍記物が好きだっていっていたな」

「ええ、大好きです」

「じゃあ、織田信長《おだのぶなが》は知っているな」

「もちろんですよ」

駆けながら、聞左衛門がにっと笑ってみせる。

「じゃあ、堺の町は知っているかい」

聞左衛門が問いを続ける。

「ええ、わかりますよ。戦国の昔、織田信長公と激しく戦った町ですよね。和泉《いずみ》国と摂津《せっつ》国の境にあるから、堺という名がついたんですよね」

「さすがに詳しいなあ」

聞左衛門がほめる。伊之助はうれしくて、はにかんだ。

「堺は戦国の頃、どんな町だったか、知っているかい」

「ええ、商人の町だったとなにかで読んだことがあります。大名ではなく、商人が町を治めていたと」

「そうだな。その商人の町を支配下に置いたのは誰だい」

「織田信長公です」

ここまで話を続けてきて、どういう流れなのか、伊之助にはわかってきた。

「じゃあ、今井町も戦国の頃、商人の町だったんですかい」

「いや、そういうわけではない。もともとは本願寺《ほんがんじ》のような寺町だ」

「へえ、そうなんですか」

「ただし、織田信長に屈服させられたのは堺や本願寺と同じなんだ」

「そうなんですかい」

伊之助は俄然《がぜん》、今井町に興味を持った。

「今はどうなっているんですかい」

「幕府領だ」

「じゃあ、代官がいるんですかい」

「いるよ。でも、町には惣年寄《そうどしより》や町年寄といった人がいて、自分たちで町を治めているんだ」

「そのあたりがいにしえの堺に似ているんですね」

「そうだ。今も戦国の頃の名残である深い堀が残っているよ。でもわしが堺のことを持ちだしたのは、堀ばかりじゃないんだ。今井町は、海の堺、陸の今井といわれるほど繁栄した町なんだよ。今も盛っているけれど、昔ほどじゃないかな」

「どうして昔ほどじゃないんですかい」

伊之助はすぐさま問うた。

「堺と並び称されるほどの町で、しかも今井千軒と呼ばれるくらい栄えた町だから、幕府が課してくる税がとにかく重いんだ。それをきらって町の外に出てゆく者が多くなり、重税は結果として町が衰えてゆく理由となってしまったんだ」

「もったいないことをしますねえ」

「まあね。政を司る者は、目の前のことしか考えていないからね。将来のことを見通せる者など、皆無さ」

手厳しい意見だが、これは否定しようのない事実だろう。

「でも聞左衛門さん、どうして啓西が今井町にいるってわかったんですかい」

そいつかい、と聞左衛門がいって、行く手を確かめるように前を見た。すぐに伊之助に顔を戻す。

「おりつという女を覚えているかい」

考えるまでもなかった。実際に一度会っている。

「ええ、覚えていますよ。啓西のお妾《めかけ》さんですね。じゃあ、おりつさんからなにか引きだしたんですかい」

「そういうことだ」

聞左衛門がうなずき、再び前を見やる。汗がしたたり、それがしぶきのように激しく散った。

「気になって、昨日、神武天皇陵から帰ってきて、当たってみたんだ。なにか啓西のことで思いだすことはないかって」

「あったんですね」

そうさ、と聞左衛門がいった。

「おりつさんが、啓西が金のことをいっていたのを思いだしたんだ」

「金のこと……」

「ああ、今井町には両替商がいて、金貸しをしている者もいる。啓西は、儲けた金をその両替商に預けているのではないか、と思える」

いったん切って唾をのみこんだが、聞左衛門がすぐに語を継ぐ。

「それだけじゃないんだ。啓西が金剛龍院でよく飲んでいた般若湯があるんだが」

「はい」

「今ノ司《いまつかさ》という銘柄だよ。その名の入った大徳利が、啓西の部屋にあった」

「その今ノ司というのは造り酒屋ですかい」

「そうだ。今井町にある九つの造り酒屋のうちの一つさ。正しくは、今ノ司酒造というんだ」

聞左衛門の喉仏が大きく上下する。

「もう伊之さんは察したようだが、造り酒屋というくらいだから、金持ちさ。当然、がっちりとした蔵もある。酒造を営んでいる者のなかには、金貸しをしている者は珍しくない。なかには、大名貸しをしている者さえもいる」

「大名貸しですかい。よほどのことがない限り、貸し倒れがないんですよね。なんといっても、毎年入る年貢米を担保にできるんですから」

「その逆さ」

聞左衛門がいいきかせる口調でいった。

「どうしてです」

「お断りさ」

「えっ、なぜ教えてくれないんです」

「そうじゃない。お断り、というのは、大名の借金踏み倒しのことをいうのさ。大名というのは借金を払わないですませるなんてことは、なんとも思っていない。それに、年貢米を担保に取ったつもりでも、その年貢米自体、すでにほかの担保になっていることも、よくあることだ」

「じゃあ、貸し倒れもあるんですかい」

「大ありだ。だが、利子を商人に貸すときよりも高めに定めておくとか、両替商がいくつも集まって融通の組をつくり、お断りをしたことのある大名には二度と貸さないとか、そういうことをすることで、危険を避ければ、利益があがることも十分にある」

「へえ、そういうものですかい」

走りながら黙兵衛も、聞左衛門の話を興味深げにきいている。

「じゃあ、啓西はその今ノ司酒造に、例の儲けた金を預けているってことですかい」

「金だけじゃなく、身柄も預かってもらっているんだろうね」

伊之助は行く手を見た。

「今井町はまだ遠いんですかい」

「あと半里くらいだな」

そのくらいあるのはわかっていたが、伊之助は正確に知りたかった。気持ちがはやってならないのだ。

「啓西は今も今ノ司さんにいますかね」

「いてほしいものだな」

駆けながらも聞左衛門がしみじみとした口調でいう。

「昨日の夜、今井町で探ったときはいるという確信を抱いた」

その言葉をきいて、伊之助はさらに心が高ぶってきた。

今度こそ、啓西をつかまえられるのではないか。いや、必ずとっつかまえてやる。

ついに今井町に着いた。堀で周囲を囲まれていたが、東側に門のつけられた入口があり、そこから入ることができた。聞左衛門によれば、今井町には九つの門があるとのことだ。

「聞左衛門さん」

京の都と同じく碁盤のようにきれいにととのえられている町並みを、歩きつつ伊之助は眺めた。さまざまな人が行きかっている。老若男女を問わず、みんな、明るい表情をしている。着ている物もいい。

「ここにはどのくらいの人が住んでいるんですかい」

「詳しいことは知らないが、四千人ほどではないかときいたことがあるな。家の数は千二百」

「四千人に千二百軒。そんなにいるんですかい」

さして広い町とはいえないはずなのに、たいしたものだ。

「ここは、どのくらいの広さなんですかい」

「東西五町半、南北三町あまりときいているな」

伊之助は、この町にこもり、織田信長に戦いを挑んだ戦国の昔の人たちに、憧れの思いを持った。

だが、今はそんなことを考えている場合ではなかった。

「今ノ司さんは、どこにあるんですかい」

「そんなに急《せ》くなって」

歩を進めつつ聞左衛門が気軽に肩を叩いてきた。

「そんなに遠くはないから、安心しなよ」

広い道は幅が二間ほどあり、せまい道は一間半くらいだろう。

聞左衛門は何度も来たことがあるようで、まったく道に迷わない。どこまで行っても、人が途切れることはない。旅人らしい者の姿もある。

「聞左衛門さん、ここには旅籠はあるんですかい」

「ないな」

「じゃあ、旅人はどうするんですかい」

「今井町に用事のある者は、いったん、町の外に出て、別の町に宿を取ることになっている。町には、親類以外の者は泊めてはいけない決まりがあるんだ」

「へえ、そうなんですかい。どうしてそんな決まりをつくったんですかい」

「さっき惣年寄や町年寄というものがあるといったが、その者たちには、町のなかで犯罪人をとらえる力が与えられているんだ」

「代官ではなく」

「そうだ。よそ者を泊めてそれが悪さをしたとき、泊めた者の責任が必ず問われるが、見ず知らずの者だと、責任を取りきれない場合も出てくる。それを避けるために、親類だけにしたんだ」

「泊めるのを親類に限っておけば、仮に親類が悪さをしても、責任のありかがはっきりするということですね」

それから半町ほど西に進み、さらに左に折れて、間左衛門は足をとめた。

「ここだよ」

道の角だ。甘い芳香が漂っている。酒のにおいだ。

伊之助は目の前の屋敷を眺めた。屋根に掲げられた扁額には、今ノ司と大きく記されている。

　黙兵衛は黙って、間口の広い家を見つめている。小売りもしているようで、夏の光を浴びてほんのりと揺れる暖簾の向こうに、小さな樽と大きな徳利が見えている。

　屋根を見る限り、屋敷は相当広そうだ。

「啓西は、ここにかくまわれているんですね」

　答える前に、聞左衛門がそばの路地に伊之助と黙兵衛を連れていった。ここならいいだろう、とささやき声でいう。

「今ノ司の屋敷には、離れがあるんだが、おそらくそこだろうな。昨日の夜、忍びこんでみたが、残念ながらはっきりとはつかめなかった」

　忍びこんでも駄目だったのか、と伊之助は思った。

「訪いを入れれば、啓西に会わせてもらえるものなんですかい」

「まさか」

　聞左衛門があきれ顔をする。

「正面からまともに行って、会えるものじゃないよ。知らぬ存ぜぬを決めこまれるに決まっている。押し問答をしている最中、とっとと逃げられちまうよ。なにか別の手立てを考えなきゃ」

「それなら、それを逆手につかって、わざと逃がすってのはどうですかい」

「無理だね」

聞左衛門は一顧だにしない。

「どうしてです」

伊之助は声を荒らげそうになった。

「そんなにむきになりなさんなって、伊之さんよ」

聞左衛門がやんわりという。

「さっき大名貸しをしている造り酒屋の話をしただろう。ここもその一軒なんだ」

「はい」

そのくらいの見当は、伊之助にもついていた。

「大名貸しをしているってことは、どういうことかわかるかい」

「途方もない金持ちだって、ことはわかりますよ」

「だから、屋敷にも金をかけられるってことだよ」

「そうでしょうね」

伊之助は、聞左衛門のいいたいことを察した。それは伝わったようだが、聞左衛門はそのまま続けた。

「金を借りている以上、参勤交代で上方にやってきた大名は、素通りができない。奈良まで足を延ばし、今井町へとやってくる。そのとき、金を借りている者の屋敷に入るところをこの町の者たちに見られたくない、と思うのは人情だろう」

「ええ」

伊之助は当たり障りのない返事をした。

「だから、金を貸している側は、そういう大名のために、別の入口をつくるんだ。玄関を別にしているところもあるが、屋敷を改築して、大名の姿がまったく目に触れないようにしている屋敷も少なくないときく」

「つまり聞左衛門さんは、今ノ司さんにもそういう出口、入口があり、こちらが気づかないうちに、啓西に逃げられてしまうっていいたいんですね」

「そういうことだ」

満足そうな聞左衛門に一瞥をくれてから、伊之助は黙兵衛のそばに寄った。

「おききになりましたかい」

ああ。

「どうします」

黙兵衛ならば、このまま暖簾を払って入ってゆくのではないか。

伊之助はそんな気がした。

善意の人なんだよな。

黙兵衛のつぶやきが、伊之助にきこえた。

「えっ、なんですかい」

悪気があって、啓西をかくまっているわけではあるまい。

「ああ、この屋敷の人たちですかい。そうなんでしょうね。啓西が大事な得意先だからということで、かくまっているにすぎないんでしょう」

「伊之さんよ」

啞然とした顔で、聞左衛門が呼びかけてきた。

「話の腰を折って悪いんだが、おまえさん、本当に音無の旦那の声がきこえているんだなあ」

「ええ、まあ」

聞左衛門が伊之助をじろじろ見る。

「音無の旦那は化け物そのものの戦いぶりで、目の当たりにしたわしは、情けないことにお漏らししちまったが、おまえさんも化け物の類《たぐい》だね」

二十人からの浪人に襲われたとき、黙兵衛は容赦なく全員を斬って捨てた。それを見て、聞左衛門は失禁してしまったのだ。

無理もない、と伊之助は思う。それだけ黙兵衛の剣はすさまじく、容赦がなかった。二十人の浪人は、血の川に顔をつけて絶命していた。いま思いだしても、震えがきそうな光景だった。

「あっしが化け物だなんて、そんなことありませんよ」

「いや、化け物さ」

聞左衛門が、伊之助の肩越しに黙兵衛を見る。

「なにかいいたそうにしているよ」

いわれて、伊之助は黙兵衛に体を向けた。

「音無の旦那、どうします」

出直すべきだろうな。

「わかりました」

「音無の旦那はなんだって」

伊之助は聞左衛門に、黙兵衛の気持ちを告げた。

「出直しか、それがいいだろうな」

聞左衛門が頰をぽりぽりとかいた。

「出直すのなら、夜だな」

「えっ、そんなに待つんですかい」

聞左衛門がたしなめるような眼差しを浴びせてきた。

「伊之さん、音無の旦那は忍びこむっていっているんだよ。忍びこみが、昼間にできるはずがない」

「そりゃそうだけど」

伊之助は腕組みをして、考えた。

「今はまだ昼前ですよ。それまでなにをしているんです」

「のんびりと今井町見物をすりゃあ、いいじゃないか」

「音無の旦那、どうします」

いったん明厳院に帰るという手もあるが、それも骨だな。

「となると、聞左衛門さんのいう通りにするしかありませんか」

黙兵衛がうなずき、いった。

啓西が昼間にこの屋敷を動くことは、まずあるまい。

「動くとしたら、夜ですか」

伊之助は聞左衛門に目をやった。

「じゃあ、決まりだな」

聞左衛門がうれしそうにいって、さっさと歩きだす。

「聞左衛門さん、この町は何度も来ているんじゃないんですかい」

伊之助は、肩を揺すって歩いているうしろ姿に声をかけた。

「来ているが、のんびりと見物したことは一度もない」

聞左衛門が振り返らずにいった。

つまり、目明しとして探索では何度も足を運んだことがあるというのか。

「聞左衛門さん、どこに行くんですかい」

「腹ごしらえさ」

「えっ、朝飯、まだだったんですかい」

「当たり前さ」

立ちどまり、腹を叩いてみせる。鼓のようないい音が出た。

「腹ぺこよ。もっとも、もう朝餉って刻限ではないな」

聞左衛門が眉根にしわを寄せ、まぶしげに空を眺める。

あっという間に中天にのぼった太陽は、怒り狂っているかのように猛烈な熱を吐きだし、地上にあるものすべてを焼いている。

「わしらは罪人か」

聞左衛門が汗をぬぐって、やれやれとばかりにつぶやく。

「どういう意味です」

伊之助は気になってたずねた。

「あまりに暑いからさ、お日さまが発しているのは、業火ではないかって思ってしまったのさ」

「業火ですかい」

「意味は知っているんだろう」

ええ、と伊之助はいった。業火とは、地獄の罪人を焼く火のことを指す。

「聞左衛門さんは、あっしたちこの世で暮らす者たちを、お日さまが罪人と見て、焼き尽くそうとしているんじゃないかっていいたいんですね」

聞左衛門がにっと笑う。

「相変わらず察しがいいな。さすがだ。——伊之さん、腹のほうはどうだい」

「朝餉はちゃんと食べてきましたけど、ちょっと小腹が空いていますね」

聞左衛門が黙兵衛に目を転じる。

黙兵衛が顎を縦に動かす。

「よし、決まりだな。ついてきてくれ」

「うまい店がこの町にあるんですかい」

「あるさ」

聞左衛門が自信たっぷりにいった。

鶏肉を醬油で煮こんで溶き卵でとじて飯の上にかけただけの丼だったが、卵がふわふわしてやわらかで、さらに歯応えのある鶏肉が旨みたっぷりで、実にうまかった。古河ではお目にかかったことのない丼で、上方にはこんなのがあるんだなあ、と伊之助はこちらにやってきた甲斐があったなあ、と思った。

三人の丼代は、黙兵衛がもってくれた。

昼餉のあとは、今井町めぐりだった。

まず、今井町の起こりともなったといわれる称念寺《しょうねんじ》に行った。

この寺が建てられ、まわりに土塁や堀ができてはじめて今井町という寺内町は形づくられはじめたとのことだ。この寺はもともと、戦国の天文年間に、石山本願寺の一《いっ》家衆《けしゅう》である今井兵部《ひょうぶ》によって建立されたという。

一家衆というのは本願寺法主《ほっす》の血縁者を指すが、だからこそこの町は織田信長に戦いを挑んだのだろう。

称念寺自体は、せまい寺だった。昔はもっと広い寺域を誇ったのかもしれないが、今は本堂に鐘楼、庫裡があるのみだった。

ほかに行くところもなかったので、伊之助たちはいったん町の外に出た。

風の通りがよく、涼しげな神社が近くにあった。どうやら無住のようだ。

伊之助たちは鳥居をくぐって境内に入り、回廊のある本殿の裏にまわった。

木々が陽射しをさえぎってくれていて、回廊に寝ころぶと気持ちよかった。

しばらくここで仮眠を取ろうということになり、伊之助たちは目を閉じた。


伊之助、起きろ。

声がし、伊之助は目覚めた。

目の前に黙兵衛の顔がある。

「あっ、音無の旦那、おはようございます」

伊之助、ねぼけるな。

「えっ」

あわててあたりを見まわす。風が流れ、竹林を騒がしてゆく。さわさわ、ざわざわと鳴るのが、どこか潮騒に似ている。

――ここは。

神社の本殿の回廊で仮眠をしていたことを思いだす。

薄暗くなっている。腕や足がかゆい。蚊に食われたようだ。

まだ近くを飛んでいるような気がして、伊之助はすばやく立ちあがった。足許の板がきしみ、意外に大きな音が立った。

その音を即座に忘れさせるような豪快ないびきがきこえてきた。見ると、聞左衛門がそばで眠っていた。

「まるで熊だなあ」

よくこんないびきをききつつ、眠れたものだ、と伊之助は自分に感心した。

「起こしますか」

そうしてくれ。

伊之助は聞左衛門の体を揺すった。

聞左衛門はぱちりと目をあけ、上体を起こした。

「おう、伊之さん」

気づいたようにまわりを見る。

「なんだい、もう暗くなってきてるじゃないか」

「そうなんだよ。おいらもびっくりしちまった」

闇左衛門が自分の首筋を押さえ、もみほぐす。

「こんなところで熟睡しちまうなんて、わしも疲れているなあ」

俺もそうなのかな、と伊之助は思った。

「それに蚊に刺された。かゆくて仕方ない」

腕をぼりぼりかきはじめた。伊之助も肘の下をかいた。

「ああ、それにしても腹が減ったなあ」

闇左衛門がへそのあたりを押さえて、ぼやいた。

「伊之さんはどうだい」

「空いてますよ」

「それなら、音無の旦那も空いてるだろう」

闇左衛門が立ちあがり、回廊から飛びおりる。なかなか鋭い身のこなしだ。

「少しはやいかもしれないが、夕餉を食べに行かないか」

「どこへ。また丼ですかい」

「同じ店になど、しやしないよ。もう少しいいところさ。その店も今井町にある」

行こう、といって聞左衛門が歩きだした。

今井町に足を踏み入れたとき、暗さは増していた。そこかしこに灯りがつき、人通りが多くてにぎやかな町は、まるで祭りの喧噪《けんそう》に身を置いているような錯覚にすら陥る。

町に入ってから二町ほど進んだとき、聞左衛門が、ここだよ、といって顎を軽くしゃくった。墨で大きく字が書かれた提灯が揺れている。

伊之助は目を凝らすようにして読んだ。

「居嶋《いじま》ですかい」

「よく読めたね。伊之さん、手習はなかなかの出来だったんじゃないのかい」

「いやあ、そんなたいしたものじゃありませんでしたよ。こちらはなにを食べさせてくれるんですかい」

いいだしのにおいがしている。

「料亭みたいなものだが、わしは素麺《そうめん》や豆腐の類がうまいと思っている」

外から見るより、なかは広かった。部屋がいくつもある。刻限がはやいために、まだそんなに客は入っていない様子だ。

伊之助たちは六畳の座敷に通された。

聞左衛門が勧める素麵と豆腐の料理を頼んだ。

豆腐は明厳院で出てきたのよりも甘くて、うまかった。素麵も腰があって喉越しがよく、いくらでも入った。

聞左衛門はしきりに酒を飲みたがったが、これから今ノ司の屋敷に忍びこむ以上、そういうわけにはいかない。代わりに茶をがぶ飲みしていた。

「ちょっと厠に行ってくる」

聞左衛門が席をはずす。尿意を覚え、伊之助も一緒に厠に向かった。

厠の前に来たとき、聞左衛門が顔をしかめて腹を押さえた。

「どうかしましたかい」

「腹が痛い」

いわれてみれば、少し顔が青いようだ。

「大丈夫ですかい」

「だすものをだしてしまえば、なんとかなるだろう」

聞左衛門が厠の扉をあける。

隣に入った伊之助は小用を足し終え、すぐに出た。

「聞左衛門さん、大丈夫ですかい。先に行ってますよ」

「ああ、行っててくれ」

伊之助は、本当に平気かなあ、と案じつつ、部屋に向かった。

部屋で茶をすすりつつ待っていると、聞左衛門が、やれやれだったよ、といって姿を見せた。

「ずいぶん長かったですね。本当に大丈夫ですかい」

「まあな」

顔色も戻っている。むしろ赤いくらいになっていた。

実は酒を飲んでいたのではないかと伊之助は案じたが、聞左衛門から酒のにおいは漂ってこなかった。

その後、茶漬と漬物を頼んで、居嶋に長居をした。一刻半ばかりをすごした。

どこからか鐘の音がきこえてきた。

「あれは、この町の鐘だな」

聞左衛門が、鐘の鳴る方角に顔を向けていった。

伊之助は、鐘を数えた。捨て鐘が三つ鳴らされたあと、五度、鐘は打ち鳴らされた。

「五つか」

聞左衛門がつぶやき、伊之助を見た。それを合図にしたかのように、黙兵衛が腰をあげた。

「行きますかい」

伊之助はすぐに立ちあがり、黙兵衛にきいた。

行こう。

黙兵衛から即座に返事があった。

伊之助は黙兵衛から預かった金で、勘定をすませた。

「すまないね、いつも」

聞左衛門がさもしさを覚えさせる笑いを見せた。

「いいんですよ」

伊之助はねぎらう調子でいった。

「聞左衛門さんには、お世話になりっぱなしですからね」

「そういってくれると、ありがたいな。人の役に立っているのを実感できるのは、とてもいいことだから」

聞左衛門が明るい笑顔になった。

料亭を出る。まだ夜が浅いといっていい刻限だけに、人通りはかなりのものだ。ただ、酔客らしい者はあまりおらず、風はさしてないが、ようやく涼しくなってきた大気を楽しみつつ、そぞろ歩いている者がほとんどのようだ。

啓西がかくまわれているはずの今ノ司酒造とは、ほんの一町ほどしか離れていなかった。

「近かったんですねえ」

伊之助は、今ノ司酒造の屋敷の屋根を見あげていった。

「まあな」

聞左衛門が自慢げに口にする。

「近いほうが行きやすいからな」

伊之助は、屋敷のぐるりをめぐる高い塀を見つめた。土塀で、高さが半丈ほどある。忍び返しは設けられていない。右手に五間ほど伸びた塀は母屋らしい建物に接し、そのまま立ちはだかる大きな壁となって、伊之助たちを見おろしている。

「聞左衛門さん、どこから忍びこむんですかい」

「まずは、ちとその路地に入ろう」

聞左衛門にいわれ、伊之助と黙兵衛は今ノ司酒造脇の路地に入りこんだ。

両側を塀にはさまれた人けのまったくない路地は奥行きがあり、暗さが満ち満ちていた。ぬっと物の怪《け》が顔をだしそうな雰囲気がたたえられており、伊之助は背筋が寒くなった。

しっかりしろ。

自らを叱咤《しった》するが、怖いものは怖い。震えをとめることができない。

俺って、どうしてこんなに小心者なんだろう。情けないぞ。

「昨夜、忍びこんだのは――」

伊之助の思いを知らずに聞左衛門がいい、路地を奥に進んでゆく。

「ここさ」

路地から三間ほど入ったところに、桶が置いてあった。

「ありがたいことに、こんなところに転がっていたから、つかわせてもらったんだ。昨夜、出てきたとき、置き直しておいたんだよ。持っていかれたかと思ったけど、あってよかった。もっとも、こんな桶がなくても、わしは忍びこめるけどな」

聞左衛門が桶の底を上にし、慎重に足をのせた。塀の上に楽に手が届くようになった。一応、まわりに目を配り、誰もいないことを確かめている。

「よし、行くぜ」

聞左衛門が腕の力で体を持ちあげる。すぐに塀の上に腹這《はらば》いになった。屋敷のほうに目をやり、様子を眺めている。伊之助に目を戻した。

「いいよ、おいで」

聞左衛門が飛びおりる。地面に着いた音はまったくきこえなかった。

「音無の旦那、じゃあ、あっしから行かせてもらいます」

黙兵衛が尻を押してくれたおかげで、伊之助はあっさりと塀を乗り越えることができた。聞左衛門を見習い、姿勢を低くして敷地内を見まわす。

黙兵衛が伊之助の横にやってきた。こちらも聞左衛門と同じく、音を一切立てない。

黙兵衛は木立を通して、敷地を見ている。暗闇がどっしりと居座っているが、夜目が利くために、昼間、見ているのとあまり変わりないにちがいない。

「離れはどこにあるんですかい」

ささやき声で伊之助は聞左衛門にきいた。

「三つばかりあるんだ」

聞左衛門が目をさまよわせる。

「あの灯りのともっていない灯籠《とうろう》の奥に、一つある。あとの二つは、あの左手の木々のかたまりが見えるか、あこの裏手に並んで建っている」

「啓西は、どこにいるんですかい」

「昨日は少なくとも、灯籠のほうの離れにはいなかった」

「じゃあ、木々の裏側ですかい」

「そうじゃないかって、わしは踏んでいる」

聞左衛門が前に向けて手を振る。

「さあ、行こう」

聞左衛門を先頭に、伊之助たちは暗闇を進んだ。

広いな。

母屋の建物も大きいが、敷地はさらに広大だ。木々が放つ香りが、濃厚に満ちている。忍びこんでいないのなら、存分に吸いこみたい香りだ。

林にわけ入った。すぐに木々は切れ、広いところに出た。

風の通りがこれまでとはだいぶ異なり、裾をはためかせてゆくほどだ。伊之助は、音がしないように着物を押さえなければならなかった。

目の前に離れが見えている。距離はもう三間もない。二軒が軒を接して建っているために長屋みたいに見えるが、聞左衛門がいったように、二軒のあいだにはわずかながらも隙間がある。二軒とも、灯りはついていない。

「どちらかに、啓西がいるんですね」

伊之助はささやき声で聞左衛門にいった。

「多分」

伊之助は黙兵衛に目を転じた。黙兵衛は、離れの気配を探っている様子だ。

「いかがですかい」

わからぬ。

黙兵衛がぎゅっと眉根を寄せているのが、伊之助の瞳に映る。なにか気がかりがあるのだろうか。

行くか、伊之助。

いわれて、伊之助は黙兵衛を見た。眉根こそ寄せていないが、懸念がありそうな表情に変わりはない。

黙兵衛が動きはじめる。伊之助はそろそろとうしろについた。

二軒の離れとの距離は、すぐに半間ほどに縮まった。両方とも濡縁《ぬれえん》がついており、その前には沓脱《くつぬぎ》があった。

二つとも沓脱には雪駄《せった》が置いてあり、腰高障子は閉められていた。

黙兵衛が手前の離れの沓脱から濡縁にあがった。腰高障子に手をかける。静かに横に滑らせた。

畳が見えた。八畳くらいの広さがあるのが伊之助にもわかった。

左手に文机があり、右側にも箪笥《たんす》らしい物が置いてあるようだ。

軽く首をひねった黙兵衛が、離れのなかに消えていった。

聞左衛門が伊之助の横に来た。伊之助はうなずきかけ、先に濡縁にのった。木がきしみ、心の臓が跳びはねる。

離れから誰も飛びだしてこないこと、母屋から一人として飛んでこないことを確かめてから、伊之助は離れのなかをのぞきこんだ。

黙兵衛が不意にかがみこんだ。

どうしたんだろう、と思ったが、声をかけることはできない。

伊之助は足を踏み入れた。ぎょっとした。鉄気《かなけ》くささに満ちていたからだ。

文机の前に、横たわった人影がある。かたわらに血溜まりができていた。髪は伸びつつあるが、頭を丸めているのは一目瞭然だった
しゃがみこんで、黙兵衛が死骸をじっと見ている。

「啓西ですかい」

伊之助は黙兵衛に耳語《じご》した。黙兵衛が顔をあげる。

おそらくな。胸を一突きにされている。

「どれどれ」

聞左衛門が死骸の顔をのぞきこむ。

「ああ、まちがいないよ。啓西だね。わしは顔を見ているから、まちがいないよ」

伊之助は、啓西の死顔を見つめた。目は大きくあき、やや突きだし気味の唇を悔しそうにゆがめている。口から一筋の血が垂れていた。

先んじられたな。

黙兵衛がいって、無念そうに立ちあがる。

こいつは、かなりの手練の仕業だ。

そうなのか、と伊之助は思った。

天園綱右衛門を殺した者と、同一かもしれぬ。

「えっ、天園さんは、音無の旦那が倒した剣客の仕業ではないんですかい」

ちがうだろうな。あの剣客は岡西佐久右衛門というが、俺を倒すためだけにあの場にあらわれた。

「そうだったんですかい」

だから、岡西に天園綱右衛門を殺す理由などないのだ。

「そういうことですかい」

黙兵衛があらためて死骸を見る。

殺されてから、さほどときはたっておらぬ。

「啓西には、まだあたたかみが残っているんですね」

ほんのわずかだが。それよりも伊之助、見ろ。

黙兵衛が指さしている。

「あっ、部屋がひどく荒らされていますね」

文机の引出しがひらかれていた。外からではよく見えなかった箪笥の引出しも、すべて引かれていた。

引出しのなかは、ぐちゃぐちゃにされていた。もとは着物が入っていたようだ。

「賊はなにかを探していたようだな」

隣で聞左衛門が、伊之助に耳打ちするようにいった。

「なにを探していたんでしょう」

聞左衛門が口をひん曲げるようにして、かぶりを振る。

「残念ながら、わしにわかるはずがないな」

そうだろうな、と伊之助は思った。

そろそろと動いて聞左衛門が濡縁に出た。母屋のほうをうかがっている。伊之助たちを振り向いた。

「こうなった以上、長居はせんほうがいいだろう。引きあげよう」

ささやき声でいって、庭におりる。伊之助と黙兵衛も続いた。

塀に向かって進みはじめたが、伊之助はすぐに離れを振り向いた。

ものいわぬ死骸が残された離れが、闇にひっそりと沈んでいる。浜で朽《く》ちた船のような空虚さをはやくも漂わせている。

賊は、と伊之助は思った。探し物を見つけたのだろうか。

五

痛い。

かたく引き結んでいる唇を押し破って、悲鳴をあげそうだ。

我慢できない。

しかし、意地でも悲鳴などあげたくない。

耐えろ。

京太《きょうた》は自らにいいきかせた。

石抱《いしだき》の責めなんか、耐えきってみせろ。江戸っ子だろう。そのくらいこらえられなくては、江戸っ子の名折れだ。

だが、痛い。足が感じている激痛が全身に這いあがってきて、今はどこが痛いのか、わからなくなっている。

ちくしょう。どうしてこんな目に遭っているのか。

俺がなにか悪いことをしたか。したのは、水野のほうじゃねえか。奈良で悪行の限りを尽くして、しかも口封じに何人もの人を殺しやがって。

それにくらべたら、俺などなにもしていない。ただ、奈良の町を探りまわっただけじゃねえか。

あれ。確かにとっつかまり、牢《ろう》に入れられたが、俺はだされたぞ。

ということは、今見ているのは夢にすぎないのか。

だが、痛みは本物としか思えない。

夢なのか、うつつなのか、京太にはわからなくなってきた。

夢であってくれ。

強く祈った。

痛いのか。

誰かにきかれた。

痛いさ、痛いに決まっているだろう。

大丈夫か。

平気じゃない。この痛みをなんとかしてくれ。

体を強く揺すられた。

これ、静かに。

なんだ、なにをいっているんだ。

京太ははっとした。ということは、俺が体を揺らしているのか。

目が覚めた。

年寄りの顔が目に入った。見覚えのある顔だ。

見覚えがあるどころではない、ここしばらくずっと世話になっている医者ではないか。

「玄湛《げんたん》先生」

「大丈夫かな」

目を細め、人のよさそうな笑顔できいてくる。

京太は、足の痛みが嘘のように消えているのに気づいた。

「ええ、今は。でもついさっきまで、ものすごく痛かった」

「夢のなかで痛かったのだろうが、うつつよりひどい痛みのことがある。でも目さえ覚めてしまえば痛みはなくなる。安心してよいよ。おまえさんは若いからの、もうほとんど治りかけておる」

「まことですか」

「医者が嘘をいってもはじまるまい」

嘘も方便という言葉はあるが、いくら責めに遭ったとはいえ、命にかかわるような傷ではないだろう。玄湛が偽りを口にする必要はどこにもない。

「これを飲みなさい」

甘い香りがする薬湯だ。飲むと、うんざりするほど苦い。

玄湛が微笑する。

「いやかい」

「そんなことはありませんよ」

「さすが江戸っ子だ」

「江戸っ子は関係ありませんよ」

京太は起きあがり、器に入れられている茶色の薬湯を見た。なんという薬か、一応きいたが、すでに失念してしまっている。

器を手にするや、一気に傾けた。

「あっ」

玄湛の叫びの意味は、すぐにわかった。考えてもいなかった熱さが口中にあふれたからだ。

薬湯を噴きだしそうになったが、京太は我慢した。無理に喉をくぐらせる。喉が焼け、胃の腑のほうも熱くなった。体をよじりたくなる。

実際によじっていた。

いつしか熱さは消えてなくなっていた。

ふう、と盛大に息を吐いて、器を玄湛に返す。

「熱かった——」

玄湛が目をみはって驚いている。

「やっぱり江戸っ子だね、せっかちだ」

「先生、熱いなら熱いって、いってくれないと」

「すまなかったね」

玄湛が飄々《ひょうひょう》という。

「しかしこれだけ熱いのを飲んで、飲み干してしまうという我慢強さも、江戸っ子ならではなんだろうね」

「かもしれません。江戸っ子は熱湯《あつゆ》もへっちゃらなんで」

「おや、ずいぶんと素直だね」

「あっしはもともと素直ですよ」

「そうだったかね。もう眠りなさい」

玄湛の手を借りて、京太は横になった。薬湯が効いてきたのか、心地よい眠気を感じている。

また来るよ、といって玄湛が立ちあがる。ありがとうございました、と京太は礼をいった。礼などいらんよ、と玄湛が部屋を出ていった。

閉まった襖がすぐにあき、玄湛と入れちがうようにあらわれたのは、内藤直安だった。にこにこしている。

枕元に腰をおろし、京太の顔をのぞきこんできた。

「だいぶ顔色がよくなったな」

「そうかい」

相手は奈良奉行だが、京太の言葉遣いはぞんざいだ。

「そんな仏頂面をするものではない。いい男が台なしぞ」

「別にいい男ではない」

「そんなことはない。おぬしは役者がやれるような男だ」

なにおべっかをつかっているのだろう、と京太は思った。ききたいことをさっさときけばいいのに。

「なあ」

猫なで声だ。もともとが酷薄な男だから、そんな声をだされると、逆に背筋が冷えてくる。

「いい加減、荒垣外記という男のことを教えてくれぬか」

「江戸の旗本だよ」

「そいつはもうきいたよ。わしが知りたいのは、ほかのことだ。どうして水野さまのことを調べまわった」

「俺は知らねえ。命じられたから、探った。それだけのことだ」

京太は、自分も知りたいことがあるのを思いだした。引き替えに内藤から引きだすことができるかもしれない。

「どうした」

京太の表情の変化を読み取ったらしく、内藤が鋭くきいてきた。

この男、ただ水野に気に入られただけで奈良奉行になったわけではなさそうだな。

京太がそんなことを思ったとき、殿、と内藤家の家臣が襖越しに呼んできた。

「なんだ」

大事なところを邪魔されたとばかりに、内藤が不機嫌に返す。

「文がまいりました」

「誰からだ」

「はっ……」

家臣がいいよどむ。

苛立《いらだ》ったように内藤が立ちあがり、襖をあけ放った。

平伏している家臣が、京太の目に入る。

「こちらでございます」

家臣が文を差しだす。内藤が受け取り、裏返して差出人が誰かを確かめる。

むっ。

そんな声を発し、内藤が顔をしかめた。文をひらこうとしたが、思いとどまり、懐にしまい入れた。気づいたように笑みをつくり、京太のそばに戻ってきた。しかし座らず、立ったままだ。

「すまぬな、ちと急用ができた」

「誰からの文だ」

京太を見おろして、内藤がにっと笑う。

「それはいえぬ。おぬしが、荒垣外記のことを教えてくれるのなら、いってもよいのだがな」

「それよりも、誰が俺のことを密告《さ》したんだ。それを教えれば、おまえの望むことを教えてやってもよい」

「それもいえぬ」

にべもなくいって内藤が体をひるがえす。

「今日はここまでよ」

あいたままの襖を、大股に出ていった。襖が家臣の手ですっと閉じられ、廊下が視野から消えた。

くそう。

京太は一人、取り残されたような気分になった。

だが、これは絶好の機会が訪れたのではないか。

内藤は明らかに油断している。

よし、抜けだすぞ。

京太は決意し、気配を探った。この日当たりのいい部屋の近くには、誰もいないと断じた。

行くぞ。

布団を静かにはぐ。

腰高障子ににじり寄る。日がまともに当たり、障子は向こう側が透けて見えるのではないかと思えるほど、明るく輝いている。

障子をあけた。木々の深い庭が広がっている。

緑はよく手入れされており、きっちりと刈りこまれている。折り重なったような岩が縦にせりあがり、小高くなっている場所のあたりから水音がしているが、目の前に池はない。どこか右手のほうへと水は流れているようだ。苔《こけ》が下のほうにびっしりとついた灯籠が三つ配置されているが、昼間のことで灯りはともされておらず、どこか所在なげに立っているように感じた。

おや。

京太は目を凝らした。

一番右側の灯籠の脇を、小道が走っているのが見えた。

あの道をたどれば、屋敷の裏手に出られるのではないか。

そんな気がする。腕利きの岡っ引としての勘だ。

よし、行こう。

自らの尻を叩くようにいって、京太は濡縁に出た。沓脱に、いかにも上等そうな雪駄が置いてある。

なんだい、まるで逃げてくださいといっているようだな。

京太はほくそ笑んだが、内藤のやつ、まさか俺をわざと逃がそうとしているのではあるまいな、と思った。だが、あの男にそんなことをしている暇はないはずだ。

かまわず雪駄を履いた。履き心地はすばらしい。これはこの町でつくられたものではないか。きっと、練達の職人が心をこめて仕上げたものなのだろう。

庭に出るや、一気に走った。だが、やはり本復はしておらず、自分のものでないように体は重い。なかなか灯籠脇の小道は近づいてこない。

必死に足を動かしているつもりだが、京太はよたよたしていた。

このままじゃあ、まずいぞ。見咎められちまう。

しかし、呼びとめる者はおらず、前途に立ちふさがる者もいない。

大丈夫なのか。大丈夫であってほしい。

京太は、ほんの半町ほどを半里は駆けたような気分になって、灯籠脇の小道に駆けこんだ。

ここまで来れば、木々が姿を隠してくれる。

やったぞ。

京太は叫びだしたい気分に駆られた。むろん、そんなことをすれば人を呼ぶだけなのはわかっている。

うしろを振り返る。誰も追ってきていない。木々や灌木《かんぼく》の茂みのなかを縫うように走っている小道が、筋となって見えているだけだ。

白い塀が見えてきた。意外に高さはあり、一丈近くはあるのではないだろうか。

乗り越えられるか。

京太は危ぶまざるを得なかった。本調子なら、あのくらいの高さなら、なんの妨げにもならない。

だが今の具合では、果たしてどうだろうか。

ここまで来て、躊躇《ちゅうちょ》してはいられない。やるしかないのだ。

塀の間際まで来て、京太は跳躍した。いつもなら楽に塀の上に届くはずだが、まったく駄目だった。

しかし、あきらめるわけにはいかない。この塀さえ越えてしまえば、娑婆《しゃば》に戻ることができるのだ。

京太は跳躍を繰り返した。何度も同じことをしているうち、体が慣れてきたのか、だんだんと上に跳べるようになってきた。

それでも、背後が気になって仕方ない。今にも京太が逃げたことに気づいて、追っ手がかかるのではないか、と気が気でない。

だからといって、もっと塀が低い場所を探して場所を移る気にもならない。ここでがんばるしかなかった。

何度、跳躍したものか。疲れ切り、息も絶え絶えになったとき、不思議なことに体が軽くなり、ふわりと宙に浮いたような感じを覚えた。

手が塀の上に届いた。

やった。

京太は腕に力をこめ、さらに足を塀にこすりつけるようにして、あがっていった。

ついに塀の上に腹這いになれた。塀の向こう側は道になっていた。内藤屋敷の向かいも武家屋敷らしく、表情のない白い塀が続いている。

道に人けはない。太陽を見あげ、方角がどうなっているのか確かめる。

よし、わかった。

京太はひらりと飛びおりた。

着地した途端、足に鋭い痛みが走ったが、それも自由を得た喜びにくらべれば、なにほどのことはなかった。生きて出られたことが、うれしくてならない。

京太は今、飛びおりたばかりの塀に一瞥をぶつけ、誰も自分の逃亡に気づいていないのを確信してから、道を北に向かって走りはじめた。

六

なんと書いてあるのか。

内藤直安は気になって仕方なかった。足早に廊下を進んで自室に戻り、掛軸の下がった床の間を背に、すとんと腰をおろした。脇息にもたれる。

直安は懐から文を取りだし、もどかしげに封を切った。

差出人は水野忠秋だ。

本当になんといってきたのだろう。

直安は文に目を落とした。

なんと。

たまらず目を大きくひらいた。

文には、荒垣外記が音無黙兵衛を討ちに奈良に向かった旨が記されていた。

水野忠秋は、荒垣外記と知り合いだったのか。

しかし、荒垣外記は水野忠秋の悪事のことを調べていたのではないか。奈良でこそこそと動きまわっていたあの名無し男は、荒垣外記の命で水野忠秋のことを洗っていたと確かにいった。

あれは出まかせだったのか。そんなことはあるまい。拷問ののち、吐いたのだ。心の叫びだったはずだ。

水野忠秋の悪事を探っていたのは、老中首座の牧野貞重の一派だからではないのか。

しかし、水野の文を読む限り、ちがうとしかいいようがない。

なにしろ、音無黙兵衛を討った暁には、荒垣外記を若年寄に据えると書いてあるのだから。

これは、荒垣外記は水野忠秋の側であることを如実に示したものだろう。荒垣外記が水野忠秋のことを調べていたのは、牧野と水野、どちらにつくか、その材料を集めていたのだろうか。それとも、水野の弱みを握ろうとしていたのか。

それとも、荒垣外記は牧野一派で、水野に近づいたのは偽装なのだろうか。

なんとなくしっくりこない。

それにしても、と直安は思った。いきなり若年寄とは。音無黙兵衛を殺すことは、水野にとってそれほど大きいのだ。

となれば、荒垣外記に先んじて殺せば、より大きな報酬がもたらされるのではあるまいか。

とにかく、荒垣外記がやってくることを、あの名無し男に教えるとするか。そうすれば、あの男も、もっとすらすらといろいろなことを口にするにちがいない。

なんなら、この文を読ませてやってもかまわない。

直安は立ちあがった。そのとき、騒ぎがさざ波のように耳に届いた。

なんだ、なにかあったのか。

廊下を走る足音がきこえてきた。それが部屋の前でとまった。

「殿、申しあげます」

家臣の声には、切迫したものが感じられる。

「どうした」

襖があけられる。廊下に両手をついている家臣の顔はかたく、紅潮していた。

「どうした」

直安は重ねていった。

「あの男が逃げました」

「あの男とは、座敷に寝かせていたあの男のことか」

「御意《ぎょい》」

逃げただと。あの体でか。無理ではないのか。

「まちがいないのか」

「はっ、座敷におりませぬ」

「布団はあたたかいか」

「確かめておりませぬ」

「確かめろ。いや、そんなことはいい。とにかく逃がすな、とらえろ」

「はっ」

「いいか、必ずだぞ。あの体だ、遠くには逃げられぬ」

「はっ」

家臣が体をひるがえし、走り去ろうとする。直安は廊下に出て、呼びとめた。

「殺すな、生きてとらえよ」

「承知いたしました」

あの男が逃げただと。くそう、油断していた。

直安は地団駄を踏みたい気分だ。

もはやつかまらぬかもしれんな。あの男はそれだけのはしこさがある。

直安は面影を脳裏に描きだして、思った。

ふむ、つかまらぬか。それもかまわぬのではないか。そのことのどこに、不都合があるというのだ。

あの男が逃げだしてくれたおかげで、厄介払いができたような気がしないでもない。

そうだ、あの男はわしにとって重荷になっていたのだ。

どうしてわしが、こそこそ動きまわっていた男におべっかをつかわねばならぬのだ。ごていねいに医者までつけてやった。

そのために、あの男は元気になったのだ。

考えてみれば、あの男は奈良に土地鑑がない。わしがその気になれば、あっという間につかまえられよう。

手はあるのだ。またわしの前に連れてこられたら、あの男、いったいどんな顔をするのだろう。

見たくてならない。

奈良から外に出られたらどうにもならぬが、それはそれでよかろう。

わしの縄張から消えてくれれば、それでいい。

今はくよくよと思い悩んでいるが、そのうちあの男のことを思いだすこともなくなるだろう。

数日たてば、そんな男がいたことすら、きれいさっぱり忘れているにちがいない。

手にしたままだった文を、直安は顔の前に持ちあげた。再び読みはじめる。

ふむ、荒垣外記か。いったいどんな男なのか。

会うことはできるのだろうか。

第三章

一

賊はいったいなにを探していたのか。

伊之助は、そればかりが気になって仕方ない。

昨日、啓西は胸を一突きにされて死んでいた。

無念そうな死顔が思いだされる。

目はうつろだったが、大きくあいていた。今際《いまわ》の際《きわ》に、なにを見たのか。口から一筋の血が垂れていた。最期に、なにをいおうとしたのか。

黙兵衛になにかいい知恵がないかと思ったが、いつものように黙々と箸を動かしている。

邪魔をしては悪いなあ。

そうだ。死者の声をきける者がいるというではないか。そういう者はここ奈良にはいないのか。

なんといっても古い都なのだ、いそうではないか。

「どうした、伊之助。なにをぶつぶついっているんだ」

不意に休雲にいわれた。

「食いしんぼうのくせに、箸がとまったきりだぞ」

伊之助は箸を見た。確かに、握ったまましっとも動いていない。

正面に座る初美が案じ顔で見ている。

伊之助は笑いかけた。

「初美さん、箸がとまっているよ」

あっ、と初美がいい、にっこりと笑った。

ああ、きれいだなあ、とこれまで何百遍も思ったことを伊之助はまたも思った。

「伊之助さん、そんな軽口をいえるくらいだから、心配はいらないようね。具合が悪いんじゃないのね」

「うん、少し考え事をしていただけだ」

「なにを考えていたんだ」

横から、休雲が割りこむようにきいてきた。いつも以上に饒舌《じょうぜつ》なような気がする。

おきさが昨日、庄野宿近くの寺に帰ってしまい、寂しくてならないのではないか。

そういうことならば、じっくりと相手をしてあげよう。

伊之助は、死者の話をきける者がこの土地にいないか、休雲にたずねた。

「和尚は、奈良の出身でしたね。知っているんじゃないですかい」

「知らんことはないが、いかがわしい者しかおらんよ。いかさま師ばかりだ。本物は一人としておらぬ」

「さいですかい」

「考えてみろ、伊之助」

休雲がいって、味噌汁をがぶりとやった。喉仏が上下する。

「ふう、熱い。——もし死者の声を正しくきける者がいるとするなら、この世から謎というのはなくなってしまうだろうな」

そうかもしれない、と伊之助は思い、深くうなずいた。

「おまえの好きな軍記物でいえば、本能寺での織田信長公の死だ」

「はい」

「歴史の探求に励んでいる学者たちは、どうして明智光秀公《あけちみつひで》が信長公を弑逆《しいぎゃく》したのか、知りたくて知りたくてならぬときくぞ。しかし、そんな三百年近くも前の人間の気持ちなど、わかるはずがない。だから、光秀公が信長公を殺すことをなぜ決意したのか、本能寺に信長公を襲う前日、いったいなにをしていたのか、なにを考えていたのか、一所懸命に史料を調べ、熟考して、その上でいろいろな説を唱えているようだが、それだって光秀公の霊魂を呼びだし、きいてみればすむことだ」

「そうですねえ」

伊之助は、和尚のいう通りだと感じ入ったが、初美も心底感心したという眼差しを休雲に向けている。

「今のはまったく和尚らしくもない言葉ですけど、あっしもそうだなあって、心から思いますよ」

「わしらしくないというのは、余計だ」

「すみません」

伊之助は会釈気味に頭を下げた。

「源義経《よしつね》公は源頼朝公の追っ手を逃れ、海を渡ったという伝説もあるそうですけれど、それだって源義経公の霊に話をきけばすむことですね」

「そういうことだ。しかしながら、できた者は一人としておらぬ。つまり、霊から話をきける者など、この世にはおらぬということなんだろう」

休雲が朝餉を食べ終え、箸を置いた。湯飲みを持ち、伊之助を見つめる。

「それにしても伊之助、どうして霊魂のことなど、きくんだ」

「それですかい」

伊之助も湯飲みを手にした。じんわりとしたあたたかみが手のひらに伝わる。

「あっしは賊がなにを探していたのか、知りたくてならないんですよ」

「それで、殺された啓西の霊を呼べばいいと思いついたのか」

「そういうことです」

「なるほどな」

休雲は湯飲みを持っていることを忘れたかのように、うつむいてなにかを考えている風情だ。

「霊を呼ぶのは無理ですけど、実際に生きている人がいますよ」

初美が、伊之助と休雲に呼びかけるようにいった。

伊之助はうなずき、答えた。

「今ノ司酒造の人だね。おいらも話をききたいと考えているよ」

休雲が目だけをあげる。

「伊之助、もう一度、今井町に足を運ぶ気なのか」

「ええ、そのつもりです」

「そうか」

「和尚、なにか気がかりでも」

「ないことはない」

「なんです。はっきりいわないのは、和尚らしくありませんよ」

「今朝は、和尚らしくないとばかり、いわれるなあ」

休雲が穏やかに笑う。すぐに表情を引き締めた。

「今ノ司酒造というのは、両替商もしているといったな」

「ええ、大名貸しもしていると聞左衛門さんはいっていました」

「ふん、あいつのいうことは当てにならんだろう」

「和尚はどうして聞左衛門さんのことをきらうんです」

「胡散《うさん》くさいからだ」

「和尚も十分、胡散くさいですよ」

「うるさい」

腰を浮かせた休雲が目を怒らせる。

「伊之助、きさまという男は、いつからそんなに口が悪くなった。そのうち天罰がくだるぞ」

「はあ、すみません」

「まあいい」

休雲がどすんと尻を落とす。

「話を戻すぞ。両替商のことだ」

「はい、今ノ司酒造さんですね」

「おまえは今ノ司酒造の者に話をききたいといった。だがな、店の者はなにも教えてくれぬだろうよ」

「どうしてです」

「恐ろしく口がかたいからだ。両替商というのは、そうでなくてはつとまらぬ」

わかる気がする。誰に金を貸しているか、ぺらぺらとしゃべってしまうような輩《やから》に、いったい誰が金を借りるだろう。

「伊之助、おまえは今ノ司酒造の者に、啓西からなにか預かっておらぬか、きこうというんだろうが、まず教えてはもらえぬだろうな」

「さいですかい」

「ああ、きっと殺されても口をあけぬだろう」

「でも和尚」

伊之助がいうと、休雲が苦笑を漏らした。

「どうしても行きたいって顔だな」

「正面からぶつかってみて、それで駄目だったらあきらめがつくんですけど、まだなにもきいていないのに、断念しちまうのは、あまりにもったいないような気がしてならないんですよ」

休雲が黙兵衛に目を当てる。

「黙兵衛、行ってみるか」

そうしよう。

黙兵衛がすっと顎を引いた。

休雲が眉間にしわを寄せ、むずかしい顔をする。

「どうかしたんですかい」

伊之助は休雲にきいた。

「考えてみたんだ。伊之助、今ノ司酒造のあるじは、啓西から預かっているとして、それはいったいなにをだ」

「今のところ、わかりません」

「わからぬってことはなかろう」

「住職はわかるんですかい」

「わしもわからぬが、啓西を殺した賊が探しだそうというんだから、水野忠秋に関することではないのか」

「ええ、そう考えるのが、一番自然でしょうね」

休雲に向かって答えたとき、伊之助は覚った。顔色が変わってゆくのを、はっきりと解した。

「わかったようだな。啓西が今ノ司酒造のあるじに預けたのは、水野の急所となるものだろう」

「そうなると、今ノ司酒造の人たちが危ういことになります」

「その通りだ」

黙兵衛が刀を腰に差し、外に飛びだそうとする姿勢を見せた。

迂闊だった。

伊之助は頭を抱えたくなるほど、悔いている。

どうしてこんなにわかりやすいことに、休雲にいわれるまで、気づかなかったのか。

まったくなんて頭のめぐりの悪さだろう。信じられない。

今日も陽射しは強く、空にはほとんど雲がない。暑さが針のように一本、一本も形となって突き刺さるようで、痛いくらいだ。月代《さかやき》はもう真っ赤になっているだろう。

全身、濡れたようで、すでに汗だくになっている。着物が重く感じられた。

黙兵衛が、伊之助の気持ちに気づいたように振り向いた。

伊之助、どうした。

伊之助は今の思いを告げた。

それをきいて黙兵衛が苦い表情をしたが、すぐに言葉を継いだ。

伊之助、俺も覚ることができなかった。迂闊といえば、俺も同じだ。

「あっしは音無の旦那を責めているわけじゃありません」

そんなことはわかっている。

黙兵衛が強い口調でいう。

だが、伊之助。悔いていてもはじまらぬ。前を見なくては。

「ええ、それはよくわかっているんです」

「本当にわかっているのか」

背後から声がかかり、伊之助は振り返った。休雲が息をあえがせつつ、走っている。顔が腫れあがったように赤くなっている。おびただしい汗が出て、今にも倒れないか、心配になってくる。

「わかっていますよ、住職」

「どうだかな」

あえいでいるために、休雲の言葉はきき取りづらい。

「どうしてそんなことというんです」

「いいか、誰だって大事なことを見落とすことはある。そのことを悔いるのは大事なことかもしれんが、いつまでもぐじゃぐじゃというのはまちがいなんだ。そういうのは、性根が腐って、なんでも人のせいにするやつにまかせておけばいいんだ。おまえはちがうだろう」

伊之助は、はい、とはいいにくかった。

「答えがないな。だが、おまえは腐った男ではない。だから、悔いるのは一度、そのあとは、最善を尽くすのにはどうすればいいか、それだけを考えればよい」

「はい、わかりました。そうします」

今できる最善のことといえば、全力で今井町を目指すことだ。

「しかし住職」

駆けながら伊之助は休雲にいった。休雲が汗まみれの顔をあげる。

「こんなに差し迫っているとき、どうして住職までついてくるんですかい」

休雲が目をむく。

「伊之助、わしがついていって、悪いことでもあるのか」

「いや、別にそんなことはないんですけど」

「だったら、かまわんだろう。黙兵衛だってなにもいわんぞ。ぶつぶついっているのはおまえだけだ」

「はい、すみません」

駆けつつ伊之助は頭を下げた。

「なんだ、ずいぶん殊勝じゃないか」

「たまには和尚を敬わないといけませんからね。目上だし」

「すばらしい心がけだぞ、伊之助。それをずっと続ければ、おまえ、きっと幸せになれるぞ」

「ほんとですかい」

「わしが嘘をついたことがあるか」

「あるような気がするんですけど」

「それは伊之助、勘ちがいぞ」

休雲が断固としていい張る。

「伊之助、わしを信じて敬え。そうすれば、初美ともきっとうまくいく」

「さいですかね」

「そうさ」

「年寄りは敬ったほうが、いいのは確かでしょうね」

「誰が年寄りだ」

途中、休雲がへたばり、走れなくなった。

「住職、もっとがんばってください」

「無理だ、がんばれん」

「置いていきますよ」

「それでいい」

休雲が道ばたにへたりこみそうになる。実際に地蔵のそばに尻を置いてしまった。

黙兵衛が立ちどまって休雲をじっと見たが、伊之助に目を転じてきた。

伊之助、住職を頼む。

「承知しました。音無の旦那は先に行ってください」

黙兵衛がうなずき、再び走りだした。土煙がもうもうとあがりだした。悍馬《かんば》を思わせる力強い走りだ。田畑のあいだの道を、みるみる遠ざかってゆく。

すげえ。

あっという間に一粒の点になり、黙兵衛の姿は行く手に揺れる逃げ水に溶けていってしまった。

伊之助は呆然とした。

なんだ、これまでと全然走りがちがうじゃないか。

つまり、おいらも足手まといってことだったのか。

それにしても、黙兵衛は汗をほとんどかいていなかった。どうしたら、ああいうふうになれるのか。鍛えに鍛えれば、なれるのだろうか。

「伊之助、なにをぼうっとしているんだ」

「ああ、すみません」

伊之助は休雲に手を伸ばした。

「住職、起きてください」

「どうしてです」

「無理だからだ」

「だから、ついてこなくていいっていったのに」

休雲がむっとする。

「涛戒と同じことをいうな」

「涛戒さんにもいわれたんですかい」

「まあな」

休雲がしらっとした顔で顎を引く。

「住職、行きますよ」

「もう少し休ませてくれ」

「そんな暇はありません」

「だから、置いてゆけといっているんだ」

「そうはいきませんよ」

困ったな、と伊之助は思った。

「伊之助、その顔はわしを連れてきたことを悔いているな」

「連れてきた覚えはありませんけど、確かに悔いています。でも今は、どうすればいいか、前向きに考えていますよ」

　仕方ないだろうな、と伊之助は腹を決めた。ほかに手はない。

「住職、おぶさってください」

　しゃがみこみ、休雲に背中を見せた。

「えっ、いいのか」

　休雲の声に喜色が感じられた。

「こんな炎天下に住職を置き去りにしたら、死んでしまいますよ」

　そんなやわではないわ、というかと思ったら、確かにそうかもしれんな、と休雲が口にしたから、伊之助は少々あきれた。

　休雲は重かった。

「さっき涛戒さんにも同じことをいわれたといいましたけど、住職、まさか初美さんを追いかけるときも、涛戒さんに勝手についていったんじゃないでしょうね」

「勝手についていったわけじゃない。わしの判断でついていったんだ」

「でもそれは、涛戒さんにしてみたら、勝手についてこられた、足手まといだと思ったでしょうね」

伊之助は首をねじり、肩にしがみついている休雲を見た。

「涛戒さんにもおんぶをしてもらったんじゃないでしょうね」

「まさか」

休雲がいったが、すぐににやりと笑った。

「といいたいが、実はその通りだ。やつの背中はおまえより乗り心地がよかったぞ」

「住職、おりますかい」

「乗せておいてくれ。涛戒のほうがいいが、伊之助もまああの乗り心地だからな」

「まああですかい」

伊之助は前を見た。逃げ水が揺れているのは変わらない。まだ今井町らしい町は見えてこない。

「涛戒さんは今、どうしているんでしょう」

休雲が首をひねる。

「どうしているのかな。柳生に向かったのは確かだが、もうとうにこっちに来ておらぬとおかしいのだが」

「なにかあったんでしょうか」

「やつに限って、なにかあるとは思えんのだが」

休雲が遠くを見る目をする。

「やつもとは侍だからな、剣士として柳生の里という場所に惹かれるものがあって、離れがたいのかもしれんな」

そういうことかもしれない、と伊之助は思った。

「住職、今日はどうしたんですかい。ずいぶん冴《さ》えていますね」

休雲がぐいっと胸を反らす。

「冴えているのはいつものことよ」

その弾みで休雲の腕が伊之助の首にかかった。

「住職、く、苦しい」

「おっ、こいつはすまん」

謝った休雲がすぐにもとの姿勢に戻った。

今井町に着いた。

九つあるうちの一つの門を入り、今ノ司酒造に向かった。

はやく着きたい。伊之助の気持ちは焦るが、足は前へとなかなか進んでくれない。着物はさらに重くなり、背中の休雲の重みも耐えがたいものと化している。

それでも進むしかなかった。道に迷いはしないかと心配だったが、ようやく今ノ司酒造の建物が見えてきたときにはへたりこみたくなるくらいほっとした。

だが、それもつかの間のことにすぎなかった。今ノ司酒造の建物の前に、人垣ができていたからだ。野次馬ばかりでなく、町方役人のような者も出てきている。

あたりは騒然としていた。そこにいる誰もが青ざめている。

やっぱりだ。気づくのがあまりに遅すぎたんだ。ちくしょう、しくじりだ。おいらがもう少しはやく気づいていれば、防げたかもしれないのに。

休雲を背に乗せたまま、伊之助は最悪のことが起きたのを実感した。休雲の重さは消え果てている。

「伊之助、自分を責めるなといったろう」

休雲がうしろから厳しい口調でいった。

「でも」

「でもじゃない。いいか、前を向くんだ。わかったか」

「はい、わかりました」

「もっと大きな声でいえ」

伊之助は同じ言葉を繰り返した。

「それでいい」

すばやく地に降り立った休雲が、町の者らしい若い男をつかまえる。

「なにがあったんだ」

「押しこみらしい」

男の顔はかたい。

「金を取られたのか」

「金だけじゃない。皆殺しらしい」

「なんだって。この店の者全員が殺されたのか」

「どうやらそのようだ」

「下手人は」

「つかまってないよ」

当然だろう、と男はいいたげだ。

誰の仕業なのか。

伊之助は自らに問うた。

決まっている。水野忠秋の手の者だ。啓西を手にかけた者が、探し物を見つけだすために今ノ司酒造の者たちを皆殺しにしたのだ。

探し物は見つかったのだろうか。わけもわからず殺されていった人たちはかわいそうでならなかったが、今、伊之助の心をとらえているのは、探し物のことだ。

「音無の旦那は、どこに行ったんでしょうかね」

伊之助はあたりを見まわした。

「黙兵衛のやつ、まさか――」

伊之助は休雲に眼差しを当てた。

「まさか、なんですかい」

「あの男、道に迷ったんじゃあるまいな」

「ええっ」

伊之助はびっくりした。黙兵衛が道に迷ったと考えたからではない。そういうことを思いつける休雲に驚いたのだ。

「音無の旦那に限って、そんなことはありませんよ」

「どうかな、あいつは意外にとろいところがあるからな」

「そんな馬鹿な。とろいのは、あっしですよ」

「まあ、わしもそれは否定せんが」

休雲が伊之助に笑いかけた。

伊之助は、目で黙兵衛を探し続けた。

「あっ、あそこだ。でもどうして」

黙兵衛が、今ノ司酒造の建物から出てきたところだった。

「あいつ、どうやって入りこんだんだ」

休雲が不思議そうにいう。

伊之助と休雲は近づいていった。黙兵衛はとうに伊之助たちに気づいていたようで、まっすぐ向かってきた。

休雲がすぐさま問いを発した。

「どんな手立てを用いたんだ」

なにも。

「なにもってことはなかろう」

本当だ。店があいていたので、入っていっただけだ。誰もとめなかった。

伊之助には、その光景が見えるようだった。黙兵衛は、どんな人をも黙らせる迫力に満ちていたのだろう。

「いかにもおまえらしいなあ」

休雲が感心したという顔になる。

「それで、どうだった。話をきかせろ」

黙兵衛が、今ノ司酒造のはす向かいの路地に足を踏み入れる。

伊之助たちは、誰もこちらに注目していないのを確かめてから、顔を寄せ合った。

「皆殺しときいたが、確かか」

休雲がきき、黙兵衛が残念そうにうなずいた。

家人、奉公人、合わせて十名が殺されていた。子供もだ。

なんてひどいことを、と伊之助は思った。罪のない人を殺し尽くすなんて、人のすることじゃない。

「どういう殺し方だった」

いずれも胸を一突きだ。

「啓西と同じ殺し方か」

ああ、同じ手練の仕業だ。

「ということは、一人か」

そうだろう。

「ほかに気づいたことは」

あるじが拷問されていた。

「確かか」

ああ、両手両足の爪をはがれていた。指もすべて折られていた。

「あるじは吐いたのかな」

どうかな。俺は、吐いておらぬと見る。というより、あるじはなにも知らなかったのではないかな。

「どうして」

賊はあるじの全部の爪をはぎ、指を折った。ほかにはなにもしていなかった。爪と指をやり終えたところで、あるじは啓西からなにも預かってなどいないのを、賊は覚ったのではないか。

「ふむ、理由としてはちと弱い気がせんでもないが、なにしろおまえの勘はよく当たるからなあ」

休雲が腕を組む。

「黙兵衛の推察が正しいとするのなら、賊はまだ手に入れていない。啓西は今ノ司酒造以外に預けたことになるな。どこかな」

賊は今、それを必死に考えているだろうな。

黙兵衛の声が伊之助の頭に響く。

「ところで黙兵衛」

休雲が呼びかける。

「この事件の探索は、正式に誰が行うんだ。代官か」

多分、惣年寄や町年寄たちだろうな。

「そういえば、今井町にはそんな者がいるときいたことがあるな。確か、下手人捕縛の力を与えられているんだったな」

休雲があたりを見まわす。

「黙兵衛、これからどうする」

黙兵衛はすでに考えていたようだ。即座に答えた。

今できるのは、探索の様子見だ。それしかなかろう。


その日、一日、伊之助たちは今井町ですごした。

町の者たちの噂話をきくことに、ひたすらつとめた。

夜になり、泊まることのできないこの町をそろそろ出なければならないと考えたとき、伊之助たちは入った一膳飯屋で、妙な話をきいた。

座敷にあがりこんで夕飯を食っていると、隣で酒を飲んでいた者たちが、そんな話をはじめたのだ。探索に当たった惣年寄が、今ノ司酒造に押し入ったのは数名の強盗であると公にしたというのである。強盗が奪った金は、八百両ばかりとのことだ。

「それは本当ですかい」

伊之助は、注文したちろりで男たちに酒を注いできいた。

「ああ、本当さ。惣年寄の尾崎慈兵衛《おざきじへえ》さんがいったんだから」

男の一人が答えた。

「惣年寄が。それらのことは、いつ公にされたんですかい」

「まだそんなにたってないよな」

男がほかの男に同意を求める。

「ああ、半刻ほどじゃないかな」

「さいですかい。強盗が数名であるのは、どうしてわかったんですかね」

「さあ、きいていないけど、目にした者がいたんじゃないかな」

「今ノ司酒造に押しこみがあったのは、真夜中ですよね。本当に見た者がいたんですかね」

男たちの顔に、警戒の色が一様に浮かんだ。どうしてそんなに気にするんだろう。しかもこの男たち、よそ者じゃないか。

「ありがとうございました」

ちろりを男たちに渡して、伊之助は黙兵衛と休雲のもとに戻った。

「どういうことですかね」

伊之助は休雲と黙兵衛を交互に見た。

「今朝、音無の旦那が見た限りでは、一人の犯行ということでしたけど」

「うむ、話がちがうな」

休雲が茶を飲む。

「まずいな、こいつは」

酒を飲みたそうだが、伊之助は気づかないふりをした。実際、飲んでいる場合ではないのだ。

「音無の旦那、どうしますかい」

黙兵衛が瞳を光らせる。

すべきことは一つだな。

きっぱりと告げた。

二

藪蚊《やぶか》に食われながらも、京太は寺の裏の竹藪にひそみ続けた。

そのまま、夜の帳《とばり》がおりてくるのをひたすら待った。

それにしても、全身がかゆい。藪蚊がうるさい。しきりにまとわりついてくる。腕や足だけでなく、首筋や顔もやられている。鼻の頭も刺された。まさに目の前なのに刺してくる。京太は藪蚊の抜け目なさに感心するしかなかった。

だが、それにしてもうっとうしい。潰しても潰しても、次々に襲来してくる。切りがなく、この場を離れたくなる。

しかし、動くわけにはいかない。まだ日のあるうちに動けば、まちがいなくつかまってしまう。

昨日、内藤直安の屋敷を抜け出たあと、京太は重い足を引きずるように走り続け、内藤屋敷から半里は離れたと思えるこの寺までやってきて、竹藪にひそんだのだ。

なにも腹に入れていない。あまりに空腹で、すでに食い気がなくなっている。

それでも、食い物を目にすれば、腹の虫は盛大に鳴るだろう。

それにしても、と思う。どうして奈良までやってきて、こんな目に遭わなければならないのか。

すべてはあの男のためだろう。牢に入れられ、拷問を受ける羽目になったのも、あの男のせいだ。

京太にはそれ以外、考えられない。

男の名は聞左衛門。東大寺周辺を縄張にしている物乞いである。

聞左衛門が、京太のことを奈良奉行所に密告したのではないか。というより、もともとあの男は奈良奉行の犬なのかもしれない。

京太は聞左衛門とともに物乞いのなりをさせられ、一緒に正倉院の床下にもぐりこんだりもした。

そんなことをしたために油断して、聞左衛門に気を許してしまった。

考えてみれば、あの男の近づき方は妙だった。奈良の本問屋で手に入れた『正倉記』を茶店で読んでいるとき、なにか恵んでくださらんか、といってきたし、その後、転害門《てがいもん》でも声をかけてきた。いくら物乞いとはいえ、知らない男にああもたやすく声をかけてくるものなのか。

聞左衛門のほかに、奈良で知り合った者はいない。本問屋の若いあるじとは会話をかわしたが、あの男が奈良奉行と関わりがあるとは、とても思えない。あれは紛れもなく素人《しろうと》だ。商売に熱心な男にすぎない。

やはり、聞左衛門しかない。あの男は内藤直安とつながっているのだ。水野のことを調べまわる者がいたら通報するように、内藤から命じられていたにちがいない。あの男をとらえ、拷問に遭わされた仕返しをしなければならない。

江戸っ子がやられたまま引っこんでいられるわけがなかった。

きっと探しだしてやるぞ。

しばらくすると、夕闇が満ちてあたりは暗くなりはじめた。

夕焼けが西の空を染めてゆくのが、竹藪から眺められた。空はずいぶんと赤い。血の色とまではいかないものの、不吉さを感じさせるどぎつさがある。

奈良に来て、夕日ははじめて目にしたような気がするが、古都の夕焼けというのは、ここまですごい色に染まるものなのか。

さらに竹藪にひそみ続け、夜がやってくるのを待った。

もういいだろう。

刻限ははっきりしなかったが、五つ近い感じがした。

聞左衛門、必ず探しだしてやるぞ。待ってな。

京太は決意を胸に、竹藪を出た。寺の境内を、山門目指して歩きだす。境内に人けはまったくない。ひっそりとしている。右手にある庫裡に灯りがともり、穏やかな人の話し声がきこえてきた。住職の一家か。

山門はがっちりと閉じられていた。脇のくぐり戸にも閂《かんぬき》がおりていたが、かまわずにはずした。

道に出た。半町ほど行ったところで、どこからか、醬油で鶏肉でも煮ているらしい、いいにおいがしてきた。

唾がわいてきた。しかし、食べさせてもらうわけにはいかない。

どこかで、食い物屋を探さなければならない。

駄目だ。金がない。

くそう、今頃、そんなことに気づくなんて、どうかしている。

なんとかなるか。

京太は着物を見た。

身につけているのは、内藤直安が布団に寝かせるにあたり、与えてくれたらしい着物だ。なかなかの着心地だから、かなり上等のものなのだろう。

これは高値で売れるのではないか。

それに、これは内藤家の者の目印になってしまうにちがいないから、とっとと売り払ったほうがいい。

ただ、そんなにうまいこと、古着屋があるかどうか。しかももう五つすぎだ。この刻限でやっている古着屋というのは、滅多にあるまい。

京太は暗がりを選んで、奈良の町を歩き続けた。

やはり古着屋は見つからない。

その代わりというわけではないが、煮売り酒屋や一膳飯屋のような店の裏口をうろつく物乞いを見つけた。ぼろをまとっている姿は、どこか蓑虫《みのむし》に似ている。

一軒の家の軒先に身をひそめ、京太はそこから物乞いをじっと見た。

聞左衛門ではなかった。京太は軒先を抜け出た。

「おい、あんた」

物乞いに声をかける。

物乞いが顔を向けてきた。暗闇のなかでも濁った目をしているのがわかる。

表情のない顔で、無言のまま京太を見つめている。

「この着物、あんたのと交換しないか」

物乞いがいぶかしげな顔をする。

ここは、ごまかしてもいいことはなさそうだと判断した。

「ちょっと奈良奉行所に追われているんだ。それで、身なりを変えたい」

「ほう、奈良奉行所にな」

物乞いがにやりと笑う。前歯の一本が欠けているだけでなく、虫歯だらけなのが見て取れた。

「わしが密告しないとでも」

「密告されたら、仕方ないな。あきらめる」

「あんた、怪我をしているのか」

「ああ、拷問を受けた」

「ほう。よく生きて出られたな」

「抜けだしたんだ」

物乞いが驚いたように目をむく。

「牢をか」

「いや、奈良奉行の私宅だ」

「私宅だと。あんた、何者だい」

「どうして」

「奈良奉行にうらみを抱いている男さ」

「ふーん、かっこいいな」

「どうだ、交換してくれるのか」

「よかろう」

横の路地に入り、京太と物乞いは着物を取り替えた。

さすがに鼻がひん曲がりそうだが、ここは耐えるしかない。

「ありがとう」

京太は、すっかり身ぎれいになった物乞いに礼をいった。

「なーに、礼をいうのはこちらのほうさ。こんないい着物は、ほんと、久しぶりだ。生き返った気分だよ」

物乞いは上機嫌この上ない。濁っていた目までも澄みはじめている。

京太は物乞いと別れる前に忠告した。

「いいかい、その着物を目当てに追っ手があらわれるかもしれない。注意してくれよ」

「わかっているよ。そのあたり、おいらにぬかりはないさ」

「それなら安心だ。じゃあ、これで」

京太は身をひるがえし、歩きだした。

「ちょっとあんた」

背中に声がかかる。京太は振り返った。

「金はあるのか」

「いや、ない」

「それじゃあ、これを持っていきな」

銭を握らされた。物乞いの手のひらは、粘りけがあった。

「いいのか」

「ああ」

京太は物乞いを見つめた。この男にきくほうが転害門のあたりを探しまわるより、よほど手っ取り早いのではないか。

「あんた、聞左衛門という男を知っているかい」

「ああ、知っているよ」

やはり、と京太はうれしかった。

「今、どこにいる」

「さあな。でもあんた、どうして聞左衛門のことをきくんだ」

京太は思いきって、本当のことをいう気になった。

「聞左衛門に密告されて、俺は牢につながれたんだ」

「それはないな」

物乞いがあっさりという。

「あるんだ」

「ない。聞左衛門はそんなことをする男じゃない」

「しかし、実際に俺は――」

「それは本当の聞左衛門じゃない」

いったいなにをいっているのか。

京太は目の前の物乞いを見つめた。

「いいか、おまえさんを牢に叩き入れたのは、おそらく別の聞左衛門だ」

「どういうことだ」

「説明してやる」

物乞いが語りはじめた。

聞左衛門という物乞いは、東大寺周辺を縄張にしていた。長いことそのあたりを縄張にしていたので、東大寺のことで知らぬことはないほどだった。

しかし、最近、聞左衛門の姿が見えなくなった。仲間の物乞いたちは、どうしたんだろうと心配していたところ、別の聞左衛門があらわれたのだ。

「別の聞左衛門というのは、そういう意味か」

「ようやくわかったか。その別の聞左衛門だが、奈良で暮らす物乞いすべてが、気にかけている。本物の聞左衛門になにをしたのか、どこへ連れ去ったのか、ききださなければならない」

「本物の聞左衛門は、殺されたのかな」

「考えたくはないが、そうとしか思えんな」

しかしどうして、あの聞左衛門はすり替わったのか。なにが目的なのか。

京太は口をひらいた。

「だったら、俺をだましたのは、別の聞左衛門ということか」

「さっきからそういっているぞ」

「おまえさん、もしや、別の聞左衛門の居場所なら、知っているんじゃないのか」

物乞いが首を横に振り、素っ気なくいった。

「残念ながら、知らん」

「そうか」

「そんなに落胆することはない」

京太は顔をあげた。物乞いが虫歯をむきだしにして笑った。

「居場所は知らないが、どこによく出入りしているかは、知っているぞ」

京太はその場所をききだした。

三

ついにやってきたぞ。

荒垣外記は、右手をぐっと突きあげたい気分だ。

予定より、一日はやく柳生の里に着いた。家臣たちは疲れ切っているが、男の顔になっている。すでにいつ戦いがはじまってもいいという表情だ。

外記は旅籠を一人出て、打滝川沿いの街道をゆっくりと歩きだした。ここまでさんざん歩いてきて、体は静養を求めているというのに、まだ歩き足りない気分がする。この里が懐かしく、歩きまわりたくてならない。我慢がきかない。

背筋を伸ばし、大気を存分に吸う。

息を吐きだしつつ、闇に向かって呼びかけた。

わしのことを覚えているか、柳生の里よ。

すでに夜の腕にがっちりと抱えこまれているが、そこかしこにたむろしている里の精たちは外記の到着を待ちこがれており、むろん覚えておるさ、よく来たな、と大歓迎してくれているような気がする。

あたりには人っ子一人いない。夜ともなれば、ぱったりと人通りは絶える。まるでこの世は、自分のものになったような気がするほどだ。それは昔と変わらない。

しかし、と外記は思った。音無黙兵衛を倒せば、天下はわしのものよ。気ではなく、うつつのことになる。

街道から道を右に折れ、外記は林のなかに入った。木々の吐きだすかぐわしい香りが、どこか懐かしい。この里の木々しか持っていない香りだ。

ほう、変わらずあったか。

外記は足をとめた。暗闇のなか、木々が切れ、三間四方ほどがぽっかりと草原になっている。

ここでよく一人、稽古をしたものだ。裏を小川が流れており、稽古を終えたときに顔を洗った。

変わっておらぬ。

うれしくてならない。はやくおよしに見せてやりたい。

外記は草原の真んなかに立った。腰を落とす。

すっと刀を抜いた。まわりの田んぼに棲んでいる蛙の鳴き声が激しい。暑かった昼間の名残らしい草いきれのにおいが、いまだに濃く漂っていて、鼻孔に入りこんでくる。ぽつりぽつりと木々のあいだから灯りが見えるのは、里に点在する百姓家だろう。とうに火を落とした武家屋敷は闇の底に沈んでおり、灯りはまったく見えない。この里では、武家のほうがより節約しているのである。

外記は刀を上段に持ってゆき、一気に振りおろした。

風を切るいい音がする。気持ちよい。

やはり刀はいいな。

四日のあいだ旅を続けてきたが、ただ前へとひたすら急ぐしかなく、刀を振るだけの余裕はまったくなかった。

外記は刀を振り続けた。

どのくらい続けたものか。息はあがらなかったが、さすがに喉の渇きを覚えた。

このくらいで喉が渇くなど、鍛錬が足らぬか。

しかし、半刻近く一心不乱に振れたのは、満足だった。

蛙の鳴き声はさらに激しいものになって、この林に届く。

雨が近いのか。

外記は、大気を嗅《か》いでみた。湿り気をはらみ、雨のにおいがしている。

ふむ、蛙のほうが先に気づきおったか。すぐには降りそうにないが、明け方には落ちてくるかもしれぬな。

このところ、ずっと雨がなかったから、蛙どもは雨乞いをしているのかもしれない。

その祈りはどうやら通じそうだぞ。

外記は蛙たちに告げてから、刀を鞘におさめた。

さて、戻るか。

さすがに汗が噴きだしてきた。着物はぐっしょりと重くなっている。

外記は手の甲で頬の汗をぬぐい、林のなかを歩きだした。

夜の深まりとともに、大気が涼しくなってきている。その上に風が出てきた。雨を呼ぶ風か。

降りだすのは、明け方より前かもしれない。蛙たちは、きっと大喜びだろう。

街道に出て、しばらく歩いてから外記は足をとめた。

大提灯が煌々《こうこう》とともっている。それには、甲野屋と太く墨書されている。

今夜、外記たちが投宿した旅籠だ。

昔、外記が柳生の里で修行したとき、この里にはなかった宿である。一年前、新しくできたのだそうだ。

確かに、新しさがいたるところに感じられる宿で、居心地はすばらしくよさそうに感じた。

宿に着いたのは夜中の四つ前だったが、奉公人たちはこころよく迎えてくれた。この宿も、飯岡屋仁ノ助が手配してくれたものだ。

もしかすると、と外記は思った。この宿は仁ノ助がわしのために用意してくれたのではあるまいか。

仁ノ助に柳生新陰流であると明かしたのはつい最近のことだが、つき合い自体はすでに三十年以上になる。そのあいだ仁ノ助が、外記の流派を知らないでいたと考えるほうが不自然だろう。

あやつ、いつかわしがこの里を訪れるときが来るのを予期し、建てておいたのではないか。

外記は甲野屋に入った。

「お帰りなさいませ」

初老の番頭が小腰をかがめた。

「うむ」

外記は鷹揚に返し、番頭を見つめた。

「風呂に入れるか」

「もちろんにございます。ご案内いたしましょう」

風呂は新しく、広かった。外記はゆっくりと湯船につかり、足を伸ばした。これまでの疲れが湯のなかに溶けてゆくような心持ちがした。

およしは今、どこにいるのだろう。

箱根は越えただろうか。駿河《するが》には入ったのではないか。入ったとして、どのあたりか。府中に着いただろうか。

まだ無理だろう。富士山の雄姿を眺められることで名のある、吉原《よしわら》あたりかもしれない。

ただし、富士川を前に、旅籠でゆっくりと体を休めているのか。富士川は大井川とは異なり、渡し船がある。蓮台で運ばれるより、ずっと楽にちがいない。

それにしても、はやく会いたい。あのやさしい顔を目の当たりにしたい。一緒に風呂に入り、強く抱き締めたい。

だが、あと十日はかかるであろうな。

寂しくてならない。千尋の谷を滑り落ちたかのように、気分が一気に滅入った。

いかんな、こんなことでは。

目をつぶり、気持ちを立て直そうとするが、うまくいかない。

昨夜も、風呂に入ったとき、およしのことを思いだした。

わしにはもう、およしはなくてはならぬ女なのだ。

だが、こんなに恋しくてならないというのは、危険だ。危険すぎる。

今は、およしのことは忘れろ。

外記は自らに命じた。

音無黙兵衛との対決には、まったく関係ないのだから。

別のことを考えろ。

脳裏に思い浮かんだのは、家臣たちの顔だ。この厳しかった旅に、よく耐えたものよ。ほめてやりたい。

昨日、尾張《おわり》の熱田《あつた》に至ったとき、海上を行く七里の渡しをつかわなかったことは、かなりの衝撃を与えたのではなかったか。やはり船は楽だからだ。

しかし、外記は佐屋《さや》街道を行き、より安全といわれる三里の渡しにまわった。

急ぐ旅ではあるが、できるだけ危険は避けなければならない。もし海上で嵐にでも遭えば、そこで自分たちはおしまいだ。海の藻屑《もくず》となって、音無黙兵衛を討つというのは、夢物語でしかなくなる。

佐屋を出て木曽川をくだった渡し船が着いた桑名では名物の焼き蛤《はまぐり》を食べたかったが、それだけの余裕はなかった。残念ながら見送るしかなかった。

昨日、泊まったのは関の宿だ。これまでで最も広い旅籠だった。風呂も広々として、気持ちよかった。食事もうまかった。

外記は湯船を出た。汗がすべて流されて、さっぱりした。

部屋に戻る。すぐに食事になった。家臣たちは待ちかねていただろう。外記が食べはじめない限り、家臣たちが箸を取るわけにはいかないのだから。

食事を終え、胃の腑が落ち着くのを待って、外記は寝床に入った。明日は朝までゆっくりと眠っていられるのが、心楽しいものに感じられた。

それに、もはや街道を歩かずにすむ。柳生の里を歩きまわったあとなのに、そのことがこの上なくありがたく感じられた。

柳生の里に着いたという気の高ぶりはあったものの、外記はあっけなく眠りの坂を転げていった。

目が覚めた。

外記は布団の上に起きあがった。伸びをする。

うむ、体が軽い。

いい兆候だろう。旅をしてきて、ふつうは重くなるものだろうが、ここまで軽いというのは、きっと気力が充実している証にちがいない。

今、何刻か。

外記は立ちあがり、外に面している障子をあけた。

人を圧倒するほどの量の木々が目の前に生い茂っていた。斜めから入りこむ陽射しを浴びて、まぶしさを通り越して目に痛いくらいだ。かすかに見える田んぼには、まだ緑の稲が風に揺れ、波打っている。

昨夜、激しい雨があったのは眠りながらもわかっていたが、朝の到来とともにあがり、今は夏という生き物が里に舞いおりて、闊歩しているかのようだ。

すでに、かなり暑くなっている。

よく眠ったようだな。

外記は目をこすった。刻限は六つ半をすぎているだろう。

外記が起きたのを覚ったらしく、女中がやってきて、布団をあげた。家臣たちの部屋も、同じようにされているのが、伝わってくる物音でわかった。

その後、朝餉が運ばれてきた。

鮎《あゆ》の塩焼きが主菜だ。外記の好物である納豆もついている。

朝から豪華だが、これも仁ノ助の心遣いだろう。

外記はありがたく食した。

腹が満ちて、四半刻は静かにしていた。胃の腑が落ち着いたのを見計らい、すっくと立ちあがった。

「出てくる。待っておれ」

家臣の一人に命じて、外記は甲野屋をあとにした。

向かったのは、丘の陰にある屋敷だ。

意外に日当たりがよく、天気のいい日は明るさが常にあふれていたが、それは今も変わらない。屋根に夏の陽射しが降り注ぎ、陽炎《かげろう》がゆらゆらとあがっていた。

小さな門はあけ放たれていた。外記はくぐり、玄関の前に立った。

戸はあけられている。なかは、ひっそりとしている。甘さを感じさせるにおいが漂っていた。

これは薬湯ではないか。しかも傷に効くといわれるものではないか。

玄関に入り、外記は訪いを入れた。

小さな声で応えがきこえたが、誰も出てくる気配はない。

「失礼する」

雪駄を脱いだ外記は式台にあがり、廊下を歩きはじめた。

すぐ右手の襖の向こう側で、人の動く気配がしている。

「失礼する」

同じ言葉を繰り返し、外記は襖を横に滑らせた。

布団が敷かれ、若者が上体だけを起きあがらせていた。

「どなたです」

若者は立ちあがろうともがいている。床の間に刀架が置いてあり、そちらをちらりと見た。

外記はかまわず、枕元にどかりと腰をおろした。

静かに名乗る。

「荒垣外記どの」

若者がつぶやき、知っている者か、探るような顔つきになった。

「岡西佐久右衛門どのはどうした」

この若者はせがれだろうな、と思いつつ外記はきいた。

「父上をご存じなのですか」

若者が目を見ひらいてたずねる。

「何度も立ち合ったことがある。わしにとって兄弟子に当たる人だ」

「さようでござったか」

若者が安堵したように体から力を抜いた。まだ細さを若干感じさせる肩が、すっと落ちる。

このあたりは、田舎の若侍といっていいのか。あまりにたやすく人を信じすぎる。

外記をまっすぐに見て、若者が名乗る。

「誠八郎どのか」

外記は顎をなでさすり、部屋を見まわした。がらんとして、刀架以外、なにもない。

誠八郎に目を戻した。

「岡西どのは」

外記のなかではすでに答えは出ていたが、あえてきいた。

「亡くなりもうした」

やはりな。岡西佐久右衛門はすばらしい遣い手だが、黙兵衛を討つのには修羅場の経験がなさすぎた。

それはわしも同じではないのか。

外記は自らに問うた。

確かにそうかもしれぬが、わしには黙兵衛をはるかに凌駕《りょうが》する技量がある。負けるはずがない。

外記は心中でつぶやくようにいった。

「音無黙兵衛に殺されたのだな」

背中をはたかれたように、誠八郎が勢いよく顔を突きだす。

「どうしてそれを。荒垣どのは、音無黙兵衛をご存じでござるのか」

「音無黙兵衛とは、ここ柳生で会ったことがある」

「さようにござるか」

「おぬし、むろん岡西どのの仇を討つ気でおるのであろうな」

「はい」

「黙兵衛の居場所を知っておるのか」

「はい、奈良に」

外記は誠八郎の体を一瞬で見た。

「体はどうした。傷を負っておるな。黙兵衛にやられたのか」

「いえ、黙兵衛ではござらぬ」

話をきくと、金魚の糞《ふん》のように黙兵衛にぴったりくっついている伊之助という男に傷つけられたようだ。

この誠八郎という男は佐久右衛門のせがれだけになかなか遣えそうに見えるが、伊之助はそこまで腕をあげたのか。

黙兵衛とともに、数々の修羅場をくぐり抜けたのが最も大きいのだろう。

「本復したら、黙兵衛を討つのか」

「いえ、その前に」

いいにくそうにしている。

「その前に、なにかな」

自らを励ますようにうなずき、誠八郎が言葉を続ける。

「おのれの技量をあげようと考えています。それができぬ限り、それがしに音無黙兵衛を討つのは無理にござる」

それはそうかもしれないが、若者らしくない考え方だ。

「今の腕では、犬死と考えているのか」

「はい」

小さな声で答えた。

「誠八郎どの、助太刀があれば、今すぐに仇を討とうと思うか」

「助太刀にござるか」

「わしのことよ」

外記は自分を指さした。

「わしは江戸の旗本にすぎぬ。それがわざわざここまでやってきた目的は一つ」

誠八郎がごくりと息をのむ。

「音無黙兵衛を討つことだ」

「えっ、まことにござるか」

半信半疑の表情だ。

「嘘ではない。わしはあの男を殺すことを運命づけられている。それだけではなく、ある男にも依頼された」

「依頼者は、我が殿にござるか」

「厳則どのか」

外記は名を口にした。

「そうではない。別の者よ」

「父上は我が殿より命じられ、音無黙兵衛を討ち果たそうとしもうした。我が殿は、荒垣どのに依頼した者にそうするようにいわれたのではござらぬか」

「さて、どうだろうかな」

外記ははっきりといわなかった。ここで水野忠秋の名をだしても、仕方なかろうという気がした。

「誠八郎どの」

外記は呼びかけた。

「よいか、わしが音無黙兵衛を討つ。おぬしは、とどめを刺すがよい」

「とどめを」

誠八郎が外記を見つめる。

「荒垣どの――いえ、荒垣さまは……」

言葉を濁す。誠八郎がなにを知りたいのか、外記はすでに覚っている。

微笑してみせた。

「わしの腕が音無黙兵衛を討てるだけのものか、おぬし、知りたいのか」

「はあ」

「よかろう。論より証拠」

外記はすばやく立ちあがった。

「おぬし、立てるか」

「はい、歩くくらいなら、できまする」

外記は刀架から刀を取り、誠八郎に渡した。誠八郎が戸惑う。

「庭へ」

外記がいうと、見えない縄に引かれるように誠八郎が出た。

「抜け」

誠八郎が抜き身を手にする。それを見て、外記も刀を抜き放った。

「構えよ」

互いに正眼に刀を向け合う。

外記は静かに息を吸った。目の前の若者を見つめる。

ただ、それだけのことだったが、誠八郎の体がかすかに震えはじめた。

やがて立っていられなくなったようで、がくりと片膝を地面についた。力尽きたような感じで、荒い息をぜえぜえと吐いている。

刀を鞘におさめた外記は誠八郎に近づき、かがみこんだ。

「どうだ、わしの腕は」

誠八郎が顔をあげた。畏敬の色が瞳に浮かんでいる。

「すごい。その一語に尽きます」

「どうだ、わしには音無默兵衛が殺せるとは思わぬか」

「できると思います」

すでに誠八郎の顔つきはがらりと変わっている。

「荒垣さま」

「なにかな」

「それがしに、本当にとどめを刺させていただけるのですか」

外記は深くうなずいた。

「わしに二言はない」

それをきいた誠八郎の顔が、朝日を浴びたように輝いた。

四

忍びこむのなら深夜がよかろう。

黙兵衛がそういうから、伊之助は夜の九つ頃、再び今井町の前までやってきた。空は晴れ渡っているようだが、月はなく、一面に星がちりばめられている。

休雲は明厳院に置いてきている。

いっては悪いが、だから足手まといになる者はいない。

今井町を出入りする門はかたく閉まっており、寝ずの番である門衛が向こう側にいるのは、気配で伝わってくる。おそらく緊急の場合のために、宿直としてつめているのだ。

伊之助が、あけてくれるように頼んでも、門は決してひらかれまい。

目の前の門が閉じられているのなら、ほかの八つの門もきっと同じだろう。

「音無の旦那、どうします」

堀を越えるしかあるまい。

黙兵衛が、たいしたことでもないような口ぶりでいう。

「越えるんですかい」

そうだ。

黒い水をたたえた堀の幅は、三間あるかないかだろう。堀の反対側には土塁が盛りあがり、その上に樹木が植えられている。今井町の町屋が向こう側に見えている。

「この平和な時代、堀を越えて侵入する者がいるなんて、誰も思わないでしょうね」

伊之助は、横に立って堀を見つめている黙兵衛に目を当てた。

「泳ぐんですね」

そうだ。

黙兵衛が歩きだす。堀沿いの道を南へ向かって歩いて、今井町のまんなか辺に出た。このあたりまで来ると、左側に見えているのは田畑ばかりだ。おそらく百姓家は点在しているはずだが、灯りはまったく見えず、闇の壁に深く閉ざされたようになっている。

このあたりでよかろう。

黙兵衛がいって、足をとめた。

蛙の鳴き声が途切れなくきこえている。いったいどのくらいいるのだろう、と考えさせられるほど、おびただしい鳴き声だ。

昨日の夜半から落ちてきた雨は、今日の明け方にはあがった。

その後の強い陽射しで道には水たまりはないが、歩くたびにまだゆるいところがあり、雨の名残を感じる。

あたりにまったく人けがないのを確かめた黙兵衛がするすると着物を脱ぎ、下帯だけの姿になった。帯で着物をまとめ、それを頭の上にのせた。

伊之助はあわててならった。

黙兵衛が堀へと静かに身を沈める。さざ波がわずかに立っただけだ。

伊之助も続こうとした。だが、ずるっと足が滑り、体勢が崩れた。

あっ。伊之助は声をあげてしまった。水音が立っちまう、と思ったが、ぐいっと強い力に引かれ、足が水についただけだった。水音は小さなものが立ったにすぎない。

伊之助は、黙兵衛に助けられたことを解した。

そのまま、向かいの土塁の下まで泳いで連れていかれた。

うひゃあ、凍えちまう。

堀の水は驚くくらい、冷たかった。

水につかったまま伊之助は土塁に手を置き、ほっと息をついた。首まで水につかったが、頭にのせた着物は無事だった。

「ありがとうございます」

横にいる黙兵衛に礼をいった。

伊之助、声が大きいぞ。

「あっ、すみません」

小さな声で謝った。

いいから、はやくあがれ。

黙兵衛にいわれて、伊之助は土塁をあがろうとした。

だが芝生が張ってあり、手がつるつると滑る。あがってゆけない。

尻を黙兵衛が押してくれる。

そのおかげで、伊之助は土塁の上に植えられている細い木の幹に手が届いた。がっちりとつかむ。

細い幹を手がかりに、伊之助は土塁の上にあがった。

木登りをする猿のように土塁をあっさりとあがってきた黙兵衛が手本を見せる。音もなく土塁を今井町側へとおりていった。

伊之助、来い。

闇のなか、黙兵衛が手招いているのが見えた。

伊之助は土塁に尻を預けた。風が動いたと思った瞬間、あっけないほどにたやすく、今井町の地面の上に立っていた。

黙兵衛が支えてくれているのに気づく。

「ありがとうございます」

伊之助は小声で礼をいった。

伊之助、はやく着物を身につけろ。

「あっ、はい」

見れば、黙兵衛はすでに着物を着ている。

伊之助はあわてて身なりを整えた。

よし、伊之助、行くぞ。

黙兵衛が小走りに動きはじめる。伊之助は続いた。

町に人影はない。常夜灯がところどころあるが、黙兵衛のあとについていけば、おのれの影が浮かびあがるようなことは、一切なかった。

ここだな。

静かに足をとめた黙兵衛が建物を見あげている。

へえ、でかいや。

伊之助はびっくりしている。今井町の町屋はどれもがかなりの規模だが、この屋敷は桁ちがいといっていい。屋根の高さからして、よそとはまったく異なる。今井町の惣年寄が握る力のすごさが実感できた。

ここが尾崎慈兵衛さんのお屋敷かい。町の未申《ひつじさる》の方角に当たる位置にあるのではないかな。惣年寄として、ここに屋敷があるのは、なにか意味があるのかな。丑寅《うしとら》と正反対だから、縁起がいいのかな。未は家人の無事や平穏を示すものときいたことはあるが、申はどんな意味があるのだろうか。

伊之助はそんなことを立て続けに思った。

「音無の旦那、忍びこむのにどこか都合がいいところはありますかい」

こっちだ。

黙兵衛が迷いのない足取りで、路地に入ってゆく。

ここがよかろう。

屋敷のぐるりをめぐる塀が、わずかに低くなっている場所があった。といっても、高さは優に半丈一尺はあるだろう。もともと、塀が他家よりかなり高くつくられているのだ。

しかし半丈一尺なら、長身の黙兵衛が跳躍すれば、塀の上に手が届くだろう。忍び返しも設けられていない。

実際に黙兵衛が跳びあがり、塀に手をかけた。腕の力で一気にのぼる。伊之助に向かって手を伸ばしてきた。

がっちり握れ。

うなずいて伊之助はいわれた通りにした。直後、馬にでも引かれたように体が持ちあがった。気づいたときには、塀の上に腹這いになっていた。

黙兵衛が飛びおりる。着地したが、またも音は一切立たなかった。

どうすればあんなことができるんだい。

常人でしかない伊之助には、黙兵衛のやることなすことが、目の当たりにしているにもかかわらず、信じられない。

伊之助、ぼんやりするな。

はい、と口中で答えて伊之助は塀を蹴った。

足がつく寸前、黙兵衛が横から体を支えてくれた。そのために、忍びやかに地面におり立つことができた。

行くぞ、伊之助。

目の前に黒々とした屋敷が立ちはだかるように建っている。

「音無の旦那、どこから入るんです」

縁の下だ。

「わかりました」

黙兵衛が濡縁のあるところを見つけるや、あっという間に縁の下にもぐりこんだ。

待ってください。

伊之助は心でいって、黙兵衛のあとを追った。

床下は蜘蛛《くも》の巣だらけだったが、それ以外に伊之助たちをさえぎろうとするものはなかった。中腰になっているのが、少しきついだけだった。

前を行く黙兵衛は上の気配を探りつつ、ゆっくりと進んでいる。

ここか。

黙兵衛が立ちどまり、上を見つめる。

ここに惣年寄の尾崎慈兵衛さんは寝ているんですかい、と伊之助はききたかったが、こらえた。下手に声をだして、屋敷の者に覚られたくはなかった。

気配をうかがっている様子の黙兵衛だったが、いきなり両腕を伸ばしたから伊之助は驚いた。

これじゃあ、目を覚ましてしまうんじゃないのか。

床板がめきめきと鳴って、二つに割れた。畳の裏が見えた。
黙兵衛がそれを持ちあげる。伊之助の目に、うっすらと天井が映った。
黙兵衛が畳の割れ目から顔を突きだす。敏捷《びんしょう》な身ごなしで、あがっていった。
伊之助、来い。
黙兵衛に呼ばれ、伊之助はおそるおそる顔をだした。
そこは無人の部屋で、誰もいなかった。暗闇が潮のように満ちているだけだ。
黙兵衛が腰高障子をあけ、廊下に出た。がっちりと閉まっている雨戸が目に入る。
黙兵衛が廊下を右に行く。
三つ目の部屋の前で、足をとめた。なかの気配を嗅いでいる。
ここだ。
指の動きで、伊之助に伝えてきた。
この部屋に惣年寄がいるのか。
今さらながら、伊之助は胸がどきどきしてきた。
この部屋に、今井町で最も力がある人が眠っている。
伊之助、行くぞ。
黙兵衛が腰高障子を滑らせる。すっと身を入りこませた。

伊之助も敷居を越え、畳を踏んだ。

布団の盛りあがりが、闇のなかにじんわりとにじみ出るように見えた。

黙兵衛が枕元に立つ。伊之助は、のぞきこんだ。

年寄りが、軽くいびきをかいて寝ている。

「起きろ」

伊之助は、黙兵衛にいわれるままに年寄りの体を揺さぶった。

年寄りらしく、眠りが浅く、即座に目覚めた。

「大きな声をだしたら、どうなるか、わかっているな」

伊之助は低い声で脅した。

「ほう、どうなるのかな」

落ち着いた声が返ってきた。年輪を経たのがわかる、なかなか渋い声音だ。このあたりの物腰には、さすがに惣年寄をつとめているだけの雰囲気がある。

「あの世に行ってもらうことになる」

「起きあがってもいいかな」

「ああ」

慈兵衛と思える年寄りは、ゆっくりと上体を起こした。

「わしはもう歳だ。この世に未練など、ないんだが」

「嘘をつくな」

「どうして嘘だという」

「おまえさん、昨日の事件のことでも、嘘をついたからだ」

「昨日の事件だって」

「忘れたわけじゃあるまい。今ノ司酒造の一件だ」

「むろん覚えている。だが、わしは嘘などついておらぬ」

「自分の胸にきいても、同じ答えが出るのかい」

むう、とうなり声のようなものが伊之助の耳に届いた。

「慈兵衛さんだね」

伊之助はあらためてたずねた。

「何者だ」

そのとき慈兵衛は、そばに黙兵衛がいることにようやく気づいた。ぎくりとして、腰を浮かせる。

「今ノ司酒造の事件について、どうしてわしが嘘をついたというのだ」

「おまえさん、今ノ司酒造の人たちを殺したのが強盗で、それが数名の者たちであると公にしたが、強盗の人数はいったいどういう根拠から出たんだい」

「根拠だと。おまえたちにいう必要などない」

「根拠など、もともとなかったんじゃないのか」

「なんだと」

「おっと、大声をださんでもらおう。殺すのは本意じゃないんだ」

伊之助は慈兵衛に顔を近づけた。

「どうして嘘をついた。今ノ司酒造の人たちを殺したのは、一人の仕業だ。みんな傷口が同じだったことが、それをはっきりさせている」

「傷口が一つだったからって、強盗が一人だったとは限らぬ」

「足跡が一つだった」

「そんなことはない。いくつもあった」

「嘘だ」

「どうして嘘といえる」

「この男が確かめたからだ。惨劇のあった日の朝、今ノ司酒造を訪れているんだ。まちがえようがない」

慈兵衛は黙兵衛をじっと見ている。

「訪れたといったが、事件のあとは町の者以外、入れないようにした。どうやって入ったんだ」

「そんなことはどうでもよかろう」

慈兵衛が黙りこむ。

「よしんば足跡が一つだったとして、ほかの者は履き物を脱いでいたかもしれぬ」

伊之助は鼻で笑った。

「強盗が脱ぐわけがない。しかも、一人だけ脱いで、ほかの者はそのままだったというのはいかにもおかしい」

伊之助はにらみつけた。慈兵衛が負けずににらみ返してくる。

「あんた、同じ町の者が無慈悲に殺されたというのに、どうして殺害した者をかばう。惣年寄として、恥ずかしくはないのか」

慈兵衛の表情がゆがむ。いっそうしわが深くなり、ひどく醜く見えた。

慈兵衛は唇を嚙み締め、しばらくなにもいわなかった。

「依頼されたんだ」

ついに口をひらいた。

「誰に」

慈兵衛は再び沈黙した。

「なんて依頼されたんだ」

伊之助が強くいうと、慈兵衛が大儀そうに顔をあげた。ひどく老けて見えた。

「数名の強盗の仕業として公にするようにいわれた」

「そうすることに、いったいどういう意味があるんだ」

「多分、下手人をでっちあげるんだろう」

どういうことだろう、と伊之助は考えた。

「依頼してきた者は、そういうことができる者なのか」

「そうだ」

苦しげに言葉を吐いた。

犯人捕縛をできる力を持つ者ということになる。

「代官か」

「ちがう」

だとすると、ほかに誰が考えられるのか。

一つ、伊之助の脳裏に浮かんだ。黙兵衛の父が与力をしていた場所だ。

「奈良奉行所の者か」

伊之助がずばりいうと、慈兵衛が観念したようにうなずいた。

「そうだ」

「誰だ、同心か、与力か」

慈兵衛は答えない。

伊之助、もっと上の者がいる。

黙兵衛の声が頭に流れこんできた。伊之助ははっとした。

「奈良奉行か」

「ああ」

疲れ切ったように慈兵衛が口にした。

伊之助、ここまでにしよう。

慈兵衛に哀れみを覚えたのか、黙兵衛がいった。

「慈兵衛さん、ありがとう。今夜のことは、誰にもいわないほうがいいよ」

「今ノ司酒造の者たちを殺したのは、奈良奉行の息がかかっている者なのか」

慈兵衛が伊之助にきいてきた。

「それしか考えられないだろう。悔いているのなら、どうして依頼を受けたんだ」

「今井町を潰すといわれた」

「どうやって」

「奈良奉行の内藤さまは、水野さまの引きで今の地位につかれた。水野さまの力を背景にすれば、衰えつつある今の今井町など、赤子の手をひねるも同然だ」

「水野というのは、御側御用取次の水野忠秋のことか」

「ほかに、今井町を潰すことができる者がいるというのか」

ここにも水野忠秋が出てきた。伊之助は黙兵衛に目を向けた。

伊之助、行こう。

「はい」

伊之助は答え、黙兵衛のあとについて歩きだした。

行きと同じ道筋をたどって、今井町の外に出た。

涼やかな風を浴びた伊之助は黙兵衛に向かって、力強くいった。

「音無の旦那、次は奈良奉行所ですね」

そうだ、と黙兵衛がうなずいた。

奈良奉行が内藤直安という者であるのを、黙兵衛は知っていた。

「どんな人物なんです」

知らぬ。

黙兵衛が首を横に振る。

だが、水野の手下なら、ろくな男ではあるまい。

さいですね、と伊之助は答えた。

伊之助たちは奈良に戻ってきた。

夜は腕を縦横に伸ばし、ときの流れをがっちりととめてしまっている。太陽が支配権を奪い返すのには、凍りついたときが溶けだすのを待たなければならない。

夜明けまで、まだ二刻はあるだろうか。

奈良奉行所に隣接する形で、奈良奉行の私宅はある。

伊之助と黙兵衛は、楽々と忍びこむことができた。塀は今井町の尾崎屋敷よりずっと高かったが、侵入者への警戒はまったくなされていなかった。

黙兵衛が、内藤直安の寝所をたやすく探し当てた。部屋の襖の前に、宿直の者もいなかった。

襖をあけると、布団の盛りあがりが二つあった。内藤は、妻女らしい女と一緒に寝ていた。歳からして、側女《そばめ》かもしれない。ずいぶんと若い。

いろいろと話をきくのに、女は邪魔だった。黙兵衛が、布団の上から急所を打って気絶させ、隣の部屋に布団ごと、運び去った。

一人、口をあけて眠っている内藤直安は、間抜けな顔をしていた。

「おい、起きろ」

戻ってきた黙兵衛の合図と同時に、伊之助は内藤の体を揺すった。

「な、なんだ」

横になったまま内藤が薄目をあけ、なにが起きたのか、見定めようとする。

「起きろ」

伊之助は、黙兵衛から借りた脇差《わきざし》を内藤の首に突きつけた。

「なっ、何者だ」

「声をだすな。こちらがいいというまでにもし声をだしたら、次はぶすりといく。わかったら、うなずけ」

「わかった」

この馬鹿、しゃべりやがった。なめやがって、もう。

伊之助は脇差に力をこめた。内藤の首に、蚊を潰したくらいの血がぷつりと浮いた。

「うっ」

内藤の顔から血の気が引いたが、伊之助はかまわず力をこめ続けた。あと数瞬、続けていたら、脇差の切っ先は肌を突き破って肉に食いこんでいただろう。内藤は命を失っていたところだ。

頼む、やめてくれ、というように、内藤が手をあげる。

伊之助はすっと力を抜いた。内藤がはやく降参してくれるのを望んでいた。でなければ、殺すところだった。

「こちらが本気だというのが、わかっただろう」

内藤ががくがくと顎を動かす。

「いいか、こちらのいうことに、隠し立てすることなく答えろ」

内藤が、わかったというように目で訴えかけてきた。

伊之助は、今井町の今ノ司酒造の一件のことをまず話した。

「惣年寄の尾崎慈兵衛は、きさまにいわれて犯人が数名の強盗であると公にしたという。きさま、どうして慈兵衛にそんな真似をさせた。いいか、死にたくなかったら、とぼけるなよ。よし、話せ」

「頼まれたのだ」

「誰に」

「わかるだろう」

「わからんな。誰だ」

「御側御用取次の水野忠秋どのだ」

「水野から頼まれたのは、啓西の口封じだろう」

「それだけじゃない。啓西が隠し持っている木片を奪うようにいわれた」

「木片だと。それはなんだ」

「知らぬ」

伊之助は脇差を持つ手に再び力をこめた。

「本当だ、本当に知らぬのだ」

伊之助は黙兵衛を見た。

どうやら本当に知らぬようだな。

黙兵衛にいわれ、伊之助は力をゆるめた。

「今ノ司酒造の者たちを手にかけたのは一人だな。どうして数名の強盗の仕業にしたんだ」

「それは……」

「はやくいえ」

押しこみのせいにしたかったんだろう。

黙兵衛が不意にいった。

「どういうことです」

伊之助はたずねた。そんな伊之助を、こいつはなにをいっているんだという目で、内藤が気味悪そうに見ている。

あとで話す。伊之助、戻るか。

「この男、どうしますか」

放っておけばよい。

「いいんですかい」

かまわぬ。

「わかりました」

伊之助、先に行け。

「はい」

伊之助は脇差を握ったまま、廊下に出ようとした。

「えい」

いきなり気合が響いた。振り返って見ると、内藤が隠し持っていたらしい脇差で、黙兵衛に斬りつけたところだった。

あっ、と伊之助は声をあげかけたが、黙兵衛はあっさりとかわし、内藤の胴に刀を打ちこんだ。

ぐっ、と喉が潰れたような声をだし、内藤が畳に倒れ伏す。

殺したのか、と伊之助は思ったが、畳に血が流れ出ていないのを見て取り、峰打ちだったのを知った。

内藤は気絶せず、体を丸めて苦しんでいる。

伊之助。

黙兵衛に呼ばれ、伊之助は部屋のなかに戻った。黙兵衛の表情から、なにをいいたいか覚り、内藤に告げた。

「あんた、死にたくなかったら、いくら水野忠秋に頼まれたとしても、これ以上、音無の旦那と関わるのはやめることだ。わかったかい」

内藤が苦渋の色を浮かべながらも、深くうなずく。

「いいかい、あんたのことをしゃべったからといって、今井町へ手だしをしてもいけないよ」

「ああ」

もう大丈夫だろうと思ったが、伊之助はさらに念を押した。

「もし今井町が潰れるようなことがあれば、あんたを殺しに来る、と音無の旦那はいっている。わかったね」

「わかった」

血の気の引いた顔で内藤が答えた。

五

まだ柳生の里を離れていない。

このことを知ったら、休雲はどんな顔をするだろう。

涛戒は、あのなんとなく憎めない坊主のことを思いだした。人なつこい顔で、にこにこ笑っている。

しかし、あの坊主のことが頭に浮かぶなど、どうかしていると思うが、心のどこかで会いたいと感じているのは、紛れもない事実なのだろう。

里心がついたのかな。

まだ去りがたい気持ちは強いが、それでももうあとにしなければならないときが近づいているのだ。

今日、発つか。

そのほうがいいだろう。しかし、その前に岡西誠八郎に会う必要がある。いとまを告げなければならない。

宿としている旅籠の西郷屋で朝餉をとったのち、ちょっと出てくるといって、涛戒は街道を歩きだした。

今日は朝から厚い雲が空を覆っている。陽射しはまったくなく、まるで押入にでも閉じこめられたかのように暗い。

風はあるが、夏とは思えないほど乾いており、涼しく感じられる。

いきなり夏らしさが失われたことに、涛戒は戸惑いを隠せない。

もっとも、天気というのは天の気持ちを指すものらしいから、気まぐれなのも仕方ないのだろう。

しかし妙は妙だな、と涛戒は思った。昨日まであんなに暑かったのに、こんなに涼しくなるなんて。

丘をまわりこむように歩いているうち、岡西屋敷が見えてきた。

誠八郎どのは寝ているだろうか。勘にすぎないが、若い頃の黙兵衛に似ているのではないだろうか。

どうして黙兵衛がしゃべらなくなったのか、わからないが、きっと言葉を話していた頃の黙兵衛は誠八郎のような感じだったにちがいない。

岡西屋敷に着いた。訪いを入れる。

奥から応えがあった。声は小さいが、張りが感じられた。

いい兆候だろう。

「失礼する」

涛戒はあがりこんだ。

誠八郎の寝ている部屋の前まで来た。

「誠八郎どの」

涛戒は声をかけてから、襖をあけた。

「これは涛戒どの」

誠八郎が布団の上に正座して、出迎えてくれた。

「よくぞ、いらしてくれました」

誠八郎の顔がずいぶんと輝いている。

「今日はだいぶ加減がいいようだ」

「はい、おかげさまで」

誠八郎はにこにこ笑っている。だが、その笑いには、どことなくつくりもののような雰囲気が漂っている。

なんだろう、これは。

涛戒はじっと見た。

だが、どういうことかわからない。ただ、誠八郎の顔に生気が満ちてきているのだけは、はっきりしている。

いったいなにがあったのか。体調がすこぶるよいだけではないのだろう。

「誠八郎どの、なにか朗報でも」

端座した涛戒はやんわりときいた。

「いえ、なにも」

「なにも、ということはなかろう。誠八郎どのは心が弾んでいるようだ」

「そんなことはござらぬ」

「いや、あるのだ」

涛戒が強くいうと、誠八郎がうつむいた。

「わかりもうすか」

「うむ」

誠八郎が首をゆっくりと振る。

「そのあたりはさすがに僧侶というべきでござろうな。ごまかしようがござらぬ」

誠八郎はそういうが、自分が別に僧侶でなくても、このくらいは誰でも見抜くにちがいない。

だが、そのことを涛戒は口にしなかった。

「なにがあったのか、教えてくださるか」

うなずいて、誠八郎が語りはじめた。

許せぬ。

涛戒はその思いで一杯だ。

岡西屋敷をあとにし、大股で道を歩いている。

荒垣外記という男に、誠八郎はそそのかされたのだ。

荒垣外記は、江戸の旗本だそうだが、黙兵衛を殺しに来たという。

黙兵衛に対する刺客。これまでいったい何人が黙兵衛の命を狙っただろう。

そのいずれもが返り討ちにされたと伊之助はいっていた。

今回も同じだろう。誰が送りこんできたか知らないが、どうせこれまでより少しは腕が上のものだろう。

実際に真剣を向け合ってみたらしく、すごい遣い手であると誠八郎はいったが、果たしてどれだけ遣えるのか。

誠八郎はその若さに似ず手練といえるが、やはりまだ甘いところがあるのは事実だろう。若さが、荒垣外記という男をすごい遣い手に見せた。

といっても、真剣を構えたときに、厚い壁に押し潰されるように気圧されたと誠八郎がいうくらいだから、相当の遣い手であるのは疑いようがない。

ただ、黙兵衛を倒せるだけの腕はないだろう。そんな男はこの世に存在しない。

今、仇が討てるなど夢物語にすぎぬと涛戒は誠八郎にいってきたが、果たしてきいてもらえるものか。

まず無理だろう。誠八郎をとめることはできない。誠八郎は、荒垣外記さえ力を貸してくれれば、黙兵衛にとどめを刺せると確信している。そんな男をどうやって、制止すればよいのだ。

手としては、と涛戒は思った。一つしかない。

荒垣外記が逗留している場所は、すぐに知れた。

涛戒が世話になった西郷屋の隣に建つ甲野屋という新しい旅籠だった。

甲野屋が客を取らずにいたのは、荒垣を迎えるためだった。

それにしても、荒垣が十数名の家臣を連れてきているのには驚いた。

しかも、誰もがかなりの腕を誇っているのが、物腰からわかった。

おそらく、黙兵衛を討つために荒垣が鍛えに鍛えたのではないか。

荒垣外記という男は、黙兵衛に匹敵する腕を持っているのかもしれない。

となれば、わしに討つことができるはずがない。

もともと涛戒には荒垣外記を殺す気はなく、傷を負わせることで、誠八郎を思いとどまらせられればいいと考えている。

機会はすぐにやってきた。荒垣は一人でよくこの里を歩いている様子で、この日の夕方も甲野屋を出て、散策をはじめた。

どこに行くのかわからなかったが、どうやら一刀石《いっとうせき》のほうに向かうようだった。

一刀石というのは柳生石舟斎宗厳《せきしゅうさいむねよし》が剣の稽古をしているときに天狗があらわれ、一刀のもとに斬り捨てたが、そこに残ったのは天狗の死骸ではなく、巨岩だったという伝説の石だ。天石立《あまのいわたて》神社という、大岩をご神体としている神社を入った奥にある。

山道を七、八町行ったところだ。

天石立神社のご神体は、手力雄命《たぢからおのみこと》が天岩戸をあけたとき、あまりの力の強さにこまで飛んできた岩戸の扉であるという。ご神体が岩であるからというわけではあるまいが、拝殿はあるが、本殿はない。

ご神体以外にも、あと二つ、大岩がある。この三つの大岩すべてを合わせて、天石立神社というのだそうだ。

しかし、いい機会が訪れたものだ、と涛戒は思った。襲うのなら、一刀石へ行く山道は格好である。

涛戒は錫杖《しゃくじょう》を手に、荒垣外記をつけた。

もっとも、相当の遣い手であるのは疑いようがなく、どんなにうまくやっても、尾行を感づかれるのはまずまちがいない。だから、涛戒自身、天石立神社へまいる旅の僧のような風情で、荒垣のあとをのんびりとついていった。

途中、荒垣が草鞋を結び直すためか、かがみこんだ。

五間ばかりあとにいた涛戒にとって、これ以上の機会は、いつ訪れるかわからないほどのものだった。

涛戒は足をはやめ、これは御坊、申しわけないといって、荒垣が横にどいた次の瞬間、錫杖を肩に向かって振りおろした。黙兵衛を狙う刺客の一人だ、肩の骨を折るくらいは仕方あるまい。

だが、錫杖は空を切り、土を打った。

なにっ。

荒垣の姿がかき消えていた。

あわてて背後を振り向く。

そこにもいない。

どこに行った。

強い眼差しを感じた。涛戒は右上に目を向けた。

あっ。

荒垣は、杉の大木の枝にいて、涛戒を見おろしていた。細い枝なのに、自らの体の重みを消すすべを持っているのか、枝はしなりもしていない。

腕を組んだ荒垣は、楽しそうに微笑している。

「御坊、いきなりなにをするのかな」

「おりてまいれ」

「おりるのはかまわんが、それは御坊の死ぬるときぞ」

涛戒は背筋がぞっと冷たくなった。あまりに腕がちがいすぎる。

誠八郎は決して甘い見方をしてはいなかった。甘かったのは、自分のほうだ。どうする。

涛戒は逃げだしたい思いに駆られた。荒垣が本気になれば、殺すのは蟻を潰すよりもたやすい。

「御坊」

枝の上から荒垣が呼びかけてきた。涛戒はにらみつけることで、答えとした。

「どうした、震えているのではないか」

「震えてなどおらぬ」

荒垣がそっと腕組みをとき、刀に右手を置いた。

「誰に頼まれた」

「誰にも頼まれておらぬ」

「御坊、いったい何者かな」

荒垣が目を細め、にらみつけてきた。涛戒は、この男、近目なのではないか、と恐怖を忘れていぶかった。

「ただの旅の僧よ」

「少なくとも、ただの、ということはなさそうだ」

荒垣が枝を蹴った。涛戒はこのときを待っていた。

宙にいるあいだは、どんな遣い手だろうと、この錫杖をよけられまい。

涛戒は鋭く横に振った。

荒垣の体を見事にとらえたと見えたが、錫杖はまたも空を切った。

なにっ。

荒垣の体をすり抜けたとしか、涛戒には思えなかった。

「うしろだ」

涛戒は声の方向に錫杖を振った。だが、手応えはない。

ちゃっ、と刀の鳴る音がして、首筋に冷たいものが置かれた。涛戒は体をかたくし、動きをとめるしかなかった。

荒垣は背中側にいる。

「御坊、おぬし、照月寺の者か」

照月寺のことも知っているのか。

涛戒は思った。慈寛和尚のことを思いだした。不思議と心が落ち着いた。照月寺のことをいっても、きっとかまわないだろう、と感じた。

「そうだ」

「ようやく正直になったな」

荒垣の口調は軽いが、刀は首筋からはずされない。

「となると、音無黙兵衛とは知り合いか」

「ああ」

「わしを襲ってきたのは、黙兵衛とは無関係ではないな。わしが黙兵衛を殺しに来たのを知っているようだ」

荒垣がじっと見ているのが、背中で感じ取れる。

「ふむ、岡西誠八郎か。御坊、あの若者を知っているのだな。ふむ、一度はあきらめさせた仇討を再度、決意させたのが気に入らなかったか。それで、わしの肩を砕こうとしたのだな」

涛戒はなにも話さなかった。

「御坊、死んでもらおうか」

そうか、わしは死ぬのか。

涛戒はあきらめた。錫杖を振りまわしたところで、荒垣の体にかすり傷一つつけることはできない。

「ほう、死ぬる気か。無駄にあらがうつもりもないようだ」

荒垣が、涛戒の正面にまわってきた。陽射しはないのに、刀身が眼光のように鋭い輝きを発した。

涛戒は目を閉じた。

荒垣が刀を上段に構えた。

いつその瞬間がくるのか。痛みは一瞬だろう。それだけが救いだった。

しかし、なかなか風を切る音がしない。それとも、と涛戒は思った。わしはもう両断されたのか。

いくらなんでも、そんなことはあるまい。

涛戒は目をあけた。

目が合った。荒垣がにやりと唇をゆがめて笑った。

「やめた」

いきなりいって、刀を静かにおろした。鞘におさめる。

どういうことだ。

涛戒はあっけに取られた。

「御坊、これから音無黙兵衛と会うのであろう。これを渡してもらおう」

荒垣が懐から取りだしたのは、文のようだ。

涛戒は文を手にするしかなかった。

「恋文よ。頼んだぞ」

荒垣がくるりときびすを返す。さっさと山道をくだってゆく。

あの男、一刀石に行くつもりなどなかったのか。

はなから誘われていたのを涛戒は知り、あまりの力の差に、むなしさを感じた。

手元に目を落とす。

この文にはいったいなにが書かれているのか。

封をあけたい衝動に駆られたが、それは黙兵衛の役目である。自分がしていいことではない。

大きく息をついた。歩きだそうとしたが、体に力がまったく入らない。立ったままだが、腰が抜けてしまっているようだ。

仕方あるまい。

涛戒はその場にたたずみ、体に力が戻ってくるのをじっと待つしかなかった。

第四章

一

偽の聞左衛門は明厳院に出入りしているんだ。

着物を取り替えた物乞いは、京太にそう教えてくれた。

明厳院は、東大寺の塔頭の一つだ。京太は一度、訪れたことがある。

あれは、奈良奉行所に行って、外に出てきた僧侶をつけたときである。僧侶たちのあとを行ったら、東大寺の塔頭が立ち並んでいる通りに出たのだ。そのとき照月寺の住職である慈寛和尚が、東大寺の塔頭の一つをまかされていたことを思いだし、懐から荒垣外記からの文を取りだして、慈寛和尚のいた塔頭が明厳院であることを知ったのである。

明厳院には、えいとばかりに気合を入れて訪問したが、寺男に水をご馳走《ちそう》してもらうなど、いろいろと話をきくことができた。咳の持病があったが、人なつこい寺男で、堀泉季綱のことも話してくれたのだ。

偽の聞左衛門が、どうしてその明厳院に出入りしているのか。

明厳院には、あの男を惹きつけるなにかがあるということか。

明厳院を張れば、聞左衛門はあらわれるということか。

そう、必ずあらわれるはずだ。

京太は確信した。

だが、どこで張ればいい。

京太は夜の明ける前に、明厳院の正面の道に立った。

すでに東の空がわずかながらも白みはじめている。見張るのなら、はやく場所を決めなければならない。だが、適当な場所が見つからない。

道をはさんだ向かいの塔頭が最もいいのだろうが、二六時中、見張っていられるようなところはない。

どこがいい。はやく見つけなければ。

気ばかり焦る。

京太は、明るさが徐々に増してゆくなか、首を振り、目を散らせて身を落ち着けられる場所を探した。

あそこでいいか。

京太の目は、一本の大木をとらえている。隣の塔頭の庭に植えられている木だ。

あの木の上なら、いいかもしれない。

けっこう葉を茂らせているから、見つかりにくいと思うが、見つかったとき、逃げだすことはできない。

それ以上に、聞左衛門を見つけたとき、すぐにつかまえられそうもない。

だが、ほかにいいところはなさそうに思えた。

あそこしかない。もはやぼやぼやしていられない。

あたりは朝がはやい寺ばかりということもあり、人が起きだし、動きはじめている気配が、そこかしこから伝わってくる。

行くぞ。

京太は腹を決め、明厳院の隣に建つ塔頭の前に立った。閉められている門に取りつけられた扁額を読む。

仁称院とあった。

「じんしょういん、かな」

あたりはますます明るくなりつつある。

京太は門を押してみた。がっちりとして、びくともしない。

門から横にのびている塀沿いに歩いた。塀はたいした高さではない。奈良奉行の内藤直安の私宅の塀のほうがよほど高かった。

気づくと、さらに明るくなっている。さすがに夏は朝がはやい。

京太はすばやく目を走らせ、視野に人がいないのを確かめた。跳びあがり、塀に手をかける。

一気に体を持ちあげ、腹這いになって塀を乗り越えた。

すぐさま大木の下に行く。見あげる。かなりの高さがある。

だが、怖さはない。高いところは幼い頃から得意だ。

ただ、木登りはあまりしたことがない。うまくいくか、それが心配だった。

しかし杞憂に終わった。京太は自分がまるで猿になったような気分だった。

太い枝に座りこんで上から見ると、下から見たときに感じた以上の高さがあった。

やはり怖さはない。

気持ちいいな。

大仏殿が見える。屋根の鴟尾《しび》が朝日を浴びて輝いている。

目を転じると、正倉院も眺められた。床下にもぐりこんだことが思いだされたが、悔しさも同時に心の壁を這いあがってきた。

聞左衛門め。

必ずとらえてやるからな。

尻を預けている枝は、よほどのことがない限り、折れることはないだろう。

それでも用心のために、京太は右手で別の枝を握っていた。

どこかで鐘が鳴りはじめた。何刻か確かめるまでもなく、明け六つの鐘だろう。

いつしか夜は完全に去り、朝がやってきていた。靄が出ており、道はぼんやりと白くなっている。

そのなかを、僧侶や蔬菜《そさい》の入った籠を背負った百姓などが、行きかいはじめた。互いに顔見知りが多いようで、のんびりと挨拶している。人が行きかうたびに靄が断ち切られるように動くが、すぐに別の靄が入りこんで隙間が埋まってゆく。

その動きがおもしろく、しばらく見入っていたが、やがてそれにも飽きた。

ひどくくさい着物で、このにおいのために、ここにいるのを覚られるのではないか、と思うほどだったが、京太はこのにおいにもすでに慣れはじめている。

腹の虫が不意に鳴きだした。

考えてみれば、昨日からなにも腹に入れていない。

物乞いから恵んでもらった金で、なにか買うべきだった。

もっとも、ひらいている店など一軒もなかったから、食い物を買うことなどできようはずもなかった。

今はここでじっとしているしかない。

しかし疲れた。奈良に来て、ひどい目に遭った。

だが、なんとか生きている。

俺も、少しはたくましくなったのではないかなあ。こんなにおいで食い気を覚えるのだから。

男として一皮むけたというのか、ひとまわり大きくなったのではないか。

江戸に帰ったとき、知り合いに、これまでとちがう自分を見せられそうな気がする。

だが、聞左衛門をなんとかするまでは江戸には帰ることはできない。

そういえば、と今さらながら京太は思いだした。荒垣外記に、一通の文も送っていない。

怒っているだろうか。次に会ったとき、殺されないだろうか。

殺されることはあるまい。俺がなんの理由もなく消息を絶つような男ではないのは、わかっているはずだ。

疲れたな。

京太は目を閉じた。眠るなよ、と自分にいいきかせる。そんなことをしたら、落ちるぞ。

しかし、こうして目を閉じているのは、とても心地よい。まるで極楽にいるような気分だ。

京太は苦笑した。

いや、極楽がこんなにくさいはずがないな。

はっとした。

一瞬、どこにいるのか、わからなかった。

京太は、右手を放しそうになった。体がぐらりと揺れ、その瞬間、どこにいるかを思いだし、あわてて枝をつかんだ。

落ちずにすんだのが奇跡に思えた。怖かった。

ついうたた寝をしてしまったようだ。

目が覚めてよかった。

だが、どうして目覚めたのか。

京太は人の気配を覚え、なんとなく下を見た。

あっ。

喉から声が漏れる。

聞左衛門がちょうど明厳院に入ってゆくところだった。

二

馬には乗ったことがないのに、うまく御せている。ゆっくり歩けといってある。馬は命じた通りにしている。

俺には才があるのかな。そうにちがいないと伊之助は思った。

軍記物が好きで、よく読んでいるから、馬にもこうして自然に乗れるようになったのだろう。

こんなこともあるんだなあ。

なんといっても、景色がちがう。高いとはきいていたが、考えていた以上だ。こんなに遠くまで見通せるものだとは、思ってもいなかった。
すごいなあ。気持ちいい。もっと乗っていたい。
しかし、馬がいきなりいないないて竿立《さおだ》ちになった。
伊之助はさすがにあわてた。振り落とされそうになったが、かろうじてこらえた。
おい、どうしたんだ。静かにするんだ。
馬にいったものの、それが逆に気に障ったのか、ますます猛りはじめた。
馬が走りだした。手綱を引いたが、まったくきかない。
うわっ、どうしよう。
怖い、怖くてならない。
馬がいきなりとまった。伊之助は手綱で支えきれず、地面に転がり落ちた。
不思議と痛くなかったが、大丈夫か、と誰かの声がきこえてきた。
体を揺すられている。
伊之助は夢を見ていたことに、ようやく気づいた。
まぶたが重い。眠くてならなかったが、無理に目をあける。
目の前に休雲の顔があった。
「あれ、住職、どうかしたんですか」

「客人だ」

「あっしにですかい」

「おまえの顔を見たがっている」

「どなたですかい」

「はやく起きろ」

「はい」

伊之助は布団の上に起きあがった。

「住職、今、何刻ですかい」

「さっき六つの鐘が鳴ったな」

となると、と伊之助は思った。まだ一刻ばかりしか寝ていないんだな。眠いのも当たり前だ。

奈良奉行の内藤直安の私宅をあとにし、明厳院に戻ってきたのは、夜明けまであと一刻ばかりの七つだった。

二刻ばかり寝るか、と黙兵衛にいわれ、伊之助は寝床にもぐりこんだのだ。

「伊之助、はやく起きろ。夜明けまで待ってもらったんだから」

「どういうことです」

「いいから来い」

伊之助は休雲に腕を引っぱられ、無理に立ちあがらされた。

本堂のほうに連れていかれた。読経の声がしている。泰寛和尚の声だ。相変わらずいい声をしている。

本堂に入る。ろうそくは灯されているが、さすがに少し暗い。それでも、泰寛のそばにもう一人、僧侶がいることに気づいた。

どなただろう。

伊之助は目を凝らした。

「ああ」

びっくりして駆け寄ってしまった。

「こらっ、伊之助」

うしろから休雲が叱る。

「慈寛和尚っ」

伊之助はたまらず抱きつきそうになった。

「やあ、伊之助さん。しばらくじゃったなあ」

にこにこ笑っている。慈寛の笑みは、相変わらずしみ入るようだ。しわしわになった心を引きのばしてくれる。

「どうしてこちらに」

いってから、そばに初美と黙兵衛がいることを伊之助は覚った。

「なんだ、二人とも、もう和尚さまに会ったんだ」

「怒られちゃった」

初美がぺろりと舌をだす。

「といっても、無事でよかったのうって頭をなでてもらっただけだけど」

「初美さん、そういうのは怒られたとはいわないよ」

「そうよね」

黙兵衛も慈寛に会えたのがうれしいようで、穏やかな笑みを浮かべている。その表情はどこか慈寛に通ずるものがあるように、伊之助は感じた。

「しかし初美」

慈寛がゆったりとした口調で呼んだ。

「次に出奔《しゅっぽん》するときは、どこに行くのか、行き先を必ず教えておくれよ」

「和尚さま、それでは出奔になりません」

「それはそうじゃのう」

本堂は笑いに包まれた。

「涛戒さんのことは、話したんですかい」

伊之助は休雲にきいた。

「ああ、話したぞ」

「あの男は、本当にどこにいるのかのう。心配をかける男よな。初美のことを、怒れぬぞ」

もっともだな、と伊之助は思った。涛戒のことだから、なにごともないだろう。

「やはり慈寛師は、ちがいますよ」

体を伊之助たちに向けてきた泰寛がしみじみという。

「なにがちがうというのかね」

慈寛が泰寛に問う。

「いえ、よくわかりませんが、慈寛師はちがいます」

「わしは人と変わらんよ」

「いえ、そんなことはありません。人とはまったくちがいます」

「人を変わり者のごとく扱いおって、腹が立つのう」

慈寛がぼやき、再び伊之助たちは大笑いした。

「和尚、いつこちらにいらしたんですか」

伊之助は慈寛にあらためてきいた。

「深夜に着いたのじゃよ。この寺を出ていった伊之助さんたちとは、入れちがいじゃった。駕籠を使ったのじゃが、わしが来るという勘が働かなかったといって、黙兵衛が悔しがったものじゃよ」

伊之助は、黙兵衛に目を当てた。黙兵衛は苦笑している。

慈寛が続ける。

「七つ頃に黙兵衛と一緒に帰ってきたのがわかったんで、会おうと思ったが、ずいぶんと疲れている様子だったので、先にのばしたんじゃよ」

「そうだったのですか」

「わしはもう少し伊之助さんを寝かせてやりたかったが、休雲がもういいでしょう、というものでな」

「住職」

伊之助は休雲を振り向いて見た。

「起こすのなら、もっとはやくしてくださいよ」

「わかった。次からはそうするよ」

伊之助は慈寛に向き直った。

「でも慈寛和尚、お会いできて、本当にうれしい」

伊之助は笑みが自然に浮かんできた。慈寛にはこういうところがある。

「わしもうれしいよ」

「でも、いったいどうして郡上を出てこられたんですか。なにか急用でも」

「それは伊之助、追々話される」

休雲がうしろからいった。

「わかりました」

「ねえ、伊之助さん、気づいた」

初美にいわれ、なににだい、と伊之助はきき返した。

「いいにおい、するでしょ」

「ああ、そのことか。これは、慈寛和尚からだね」

このにおいには脳裏をやんわりと刺すものがあり、伊之助は思いだした。

「これは、和尚」

伊之助は休雲を振り向いた。

「そうよ、黙兵衛とおまえが江戸の善照寺に来たとき、わしが慈寛和尚から預かっていた文についていたにおいよ」

その通りだ。それにしても、いいにおいだ。これはいったいなんのにおいだろう。心が安らぐ。

伊之助はそのこともきいたが、これもあとじゃ、と慈寛がいったので、そのことに関しては終わりだった。

食堂で伊之助たちが朝餉を食していると、玄関のほうで訪う声がきこえてきた。

「あれは」

休雲が腹立たしげな目を向けた。

「あの男ではないか。また朝飯をたかりに来おったな」

「どなたかな」

慈寛にきかれ、休雲が答える。

「ああ、聞左衛門どのか。それは久しぶりじゃのう」

ああ、そうか、和尚さまはご存じなんだ。

伊之助は思った。

そういえば、音無の旦那が聞左衛門さんに会ったのは、和尚さまのお申しつけだったよなあ。

　聞左衛門が食堂にやってきた。

　声をかけようとしていた慈寛が妙な顔をする。

「おまえさん、聞左衛門さんかい」

「えっ」

　聞左衛門がいぶかしげにする。

　伊之助。

　黙兵衛にいわれ、伊之助は見た。

　聞左衛門にこうきいてくれ。

　伊之助は、黙兵衛にいわれた通りを口にした。

「聞左衛門さん、探し物は見つかったんですかい」

　いいながら、ええっ、と思った。この男が啓西や今ノ司酒造の人たちを殺した男だったのか。

「な、なんのことだ」

　しらを切ったが、聞左衛門はすぐに逃げだした。足がはやく、あっという間に外に出てゆく。

すぐさま黙兵衛が追いかける。伊之助も続いた。

聞左衛門が道を走りだした途端、別の男が横からあらわれ、聞左衛門に体当たりを食らわすようにした。身なりからして物乞いだろうか。

聞左衛門はたまらず転んだ。すぐに立ちあがり、走ろうとしたが、黙兵衛のほうがはやかった。

刀でびしりと肩を打つ。聞左衛門ががくりと膝をついた。それでも匕首《あいくち》をだし、必死にあらがおうとしたが、黙兵衛の刀が再びきらめいた。匕首は明厳院の塀に当たり、乾いた音を立てた。地面に力なく落ちる。

伊之助、拾ってくれ。

黙兵衛の声が脳裏に響き、伊之助は匕首に駆け寄った。

聞左衛門が逃げようとする。黙兵衛が刀で聞左衛門の足を払った。聞左衛門が前のめりに倒れた。

もはや逃げようとはしていなかったが、黙兵衛が仁王のように聞左衛門の前に立ちはだかっている。

「うぅ」

聞左衛門は黙兵衛に打ち据えられた肩を押さえて、顔をしかめている。

これについては、伊之助はひそかに同情した。

音無の旦那の峰打ちをまともに受けたんだ、そりゃ痛いだろうなあ。

休雲がやってきた。縄を手にしている。

頼む。

黙兵衛がいい、休雲が聞左衛門をぐるぐる巻きにした。

「痛えよ」

聞左衛門が休雲をにらみつける。

「うるさい、黙ってろ」

「きさま、覚えてろよ」

「ああ、よく覚えているよ」

縛り終えた休雲が伊之助を見た。

「どうだ、わしが胡散くさいといった通りの男だったろう」

鼻高々だ。

「さすがに慧眼《けいがん》ですね。お見それしました」

「そうだろう」

休雲の目が、そばに立つ男に向かって動いた。ああ、そうだった、と伊之助も思いだした。

「あなたは」

伊之助は、横からあらわれて聞左衛門に体当たりした男にきいた。やはり物乞いではないか。

「手前は、京太と申します」

少し顔をしかめている。

「怪我をされたのですか」

「今したんじゃなくて、もとからですよ」

伊之助が見る限り、どことなく痛々しい雰囲気がある。

「大丈夫ですかい」

「ええ、へっちゃらですよ」

京太と名乗った男が胸を張ってみせる。

「あの、もしかして江戸のお方ですかい」

「ええ、そうですよ」

「でも、どうして」

伊之助は京太のあまりにみすぼらしい身なりを見た。

「こんな格好をしているかって、おききになりたいわけですね」

「ええ、まあ」

しかし、京太は話そうとしない。

話の接ぎ穂を求めて、伊之助はいった。

「それにしても、すごい体当たりでしたね。聞左衛門さん、いえ、聞左衛門のことを追っていたんですかい」

だから、こんな物乞いの身なりをしているのだろうか。

「まあ、そうです」

京太という男が憎々しげな眼差しを、縄で縛られて身動きのできない男に浴びせる。

「こいつのおかげで、あっしは散々な目に遭ったんですよ」

「散々な目ですかい」

「ええ、牢に入れられて、拷問されたりしたんです」

「ええっ」

痛々しいのは、そういうことか、と伊之助は納得した。

「江戸では岡っ引をしていて、犯罪人を次々に牢に送りこんでいたのに、まったくだらしない話ですがね」

「岡っ引だったのですか」

やはりこの身なりは、仮のものにすぎないのだろう。

「ええ、昔の話ですけどね」

京太が伊之助と黙兵衛、休雲と順番に見てゆく。

「あなた方には、江戸でお会いしているんですよ」

「えっ、いつです」

京太がにっこりと笑う。

「それは、今度ということに」

「さいですかい。――それよりも、音無の旦那、この男、何者なんですかい」

伊之助は黙兵衛に顔を向けた。

伊之助、もうわかっていると思うが、この男は偽の聞左衛門だ。

「本物はどうしているんですかい」

すでに殺されているのではないか。

「なんですって」

伊之助は仰天せざるを得なかった。

「この男、いったい何者なんです」

奈良奉行の手の者だろう。

「今ノ司酒造の人たちをはじめとして、たくさんの人たちを殺したのは、この男なんですね」

そうだ。

伊之助は、暗澹とした。

「でも、どうしてこの男、あっしらに近づいてきたんですか」

俺を殺すためだろう。油断させるために、いろいろと案内するなどしたんだ。

黙兵衛が悔しげに唇を嚙む。

俺もこの男にだまされた。

音無の旦那があざむかれるなど、聞左衛門の芝居はよほど巧妙だったんだ、と伊之助は思った。

「探し物というのは、いったいなんだったんでしょう」

伊之助、きいてみろ。

伊之助が偽の聞左衛門にきく前に、休雲がただしていた。

「きさま、なにを探していた」

「なんの話だ」

偽の聞左衛門がしらを切る。

「いえ」

休雲がこつんと頭を殴った。

「痛え、なにをする」

「はやくいえ」

「だから、なんの話だといっている」

「これじゃろう」

玄関から慈寛が出てきた。うしろに初美が控えている。

慈寛が偽の聞左衛門に歩み寄る。万が一を考えて、伊之助は初美にそっと寄り添うようにした。

慈寛が手にしている物を、偽の聞左衛門に突きつける。木っ端のようなものだ。

またいいにおいがしているのに、伊之助は気づいた。どうやらこのにおいは、あの木っ端のようなものが発しているようだ。

「なんだ、それは」

偽の聞左衛門がむくれ顔でいう。

「蘭奢待《らんじゃたい》よ」

「ええっ」

最も驚いたのは、京太だった。

「まことですかい」

慈寛にきく。

「まことじゃよ」

「でもどうして御坊が」

「ここではなんじゃから、なかで話すとするかの」

全員、明厳院のなかに入った。偽の聞左衛門も例外ではなかった。

蘭奢待については、伊之助も耳にしたことがある。正倉院を代表する宝物で、聖《しょう》武《む》天皇の時代に唐の国から伝わったといわれる黄熟香の名香だ。

座敷に集まった者すべての顔を、慈寛が見渡す。

「この蘭奢待の切れ端は、初美の父親である堀泉季綱が持っていた。わしに託してきたんじゃ。なにもいわずに預かってくだされ、と。悔いていたんじゃの」

あらかじめ慈寛からきかされていたようだが、それでも初美が暗い顔になる。

「これと同じ物を、啓西師も持っていたのであろう」

「おい、偽の聞左衛門、今ノ司酒造で、蘭奢待を見つけたのか」

休雲が偽の聞左衛門にきく。

「どうだかな」

そっぽを向いて偽の聞左衛門がうそぶく。

「見つかってはおらぬよ」

慈寛が断じる。

「見つかっていたら、朝飯を食べに来るはずがない。なにか手がかりや示唆を求めて、のこのことやってきたのじゃろう」

その言葉をきいて、偽の聞左衛門が顔をゆがめた。

三

「音無の旦那、この男、どうします」

伊之助は、偽の聞左衛門の処置をたずねた。

まだ決めておらぬ。今井町に引き渡すか。

「今井町ですか。いいかもしれませんね」

惣年寄の尾崎慈兵衛も、きっと喜ぶのではないか。

「それよりも――」

休雲が別の案を持ちだした。

「物乞いたちに預けたらどうだ」

偽の聞左衛門の顔色が、さっと変わった。

「それだけはやめてくれ」

「ほう、物乞いたちになにをされるか、よくわかっているようだな」

「どうされるんですかい」

「伊之助、そいつは、京太さんにきいたほうがいい」

伊之助は京太に顔を振り向けた。

「そんなに関心深げな目をしなくてもいい」

京太が苦笑する。

「こいつは、本物の聞左衛門を殺した。物乞いの仲間たちには、どこかに生き埋めにされるのではないかと思う」

「生き埋めですかい」

どんなに苦しいだろう。できるなら、そんな目に遭わずに一生を終えたい。

「頼む、それだけはやめてくれ」

偽の聞左衛門が懇願する。

「京太さん、あんたが決めたらどうだ」

休雲が勧める。

「こいつには、ひどい目に遭わされたんだろう」

「まあ、そうだけど」

京太が伊之助に目を移した。

「さっき今井町とかいっていたけど、なにかあったのかい」

うなずいて伊之助は話した。

「そうかい、造り酒屋の者を皆殺しにしたのか」

腕組みをして京太が顎を引く。

「それだったら、今井町の者に引き渡したほうがいいような気がするな」

偽の聞左衛門がほっとした顔をする。

「そんなに安心していいのかな」

休雲が笑いかける。

「犯人捕縛の力を与えられている町というのは、なんでもありだぞ。一番考えられるのは、鋸引《のこび》きだろうな」

鋸引きか、と伊之助は思った。戦国の昔、さんざん行われたという極刑だ。今も行われているが、実際には二日のあいだ晒《さら》したのち、磔《はりつけ》に処するのがならわしとなっているときいたことがある。

「おまえさん、鋸引きも甘く見ているのかもしれんが、ああいうところでは戦国の昔のように、本当にやるぞ」

まじめな顔をして休雲が続ける。

「もともと今井町は、戦国の遺風を色濃く残している町だからな」

首を回し京太を見る。

「今井町へ引き渡すことで、あんたはいいのか」

「もちろん」

ためらうことなく京太が点頭する。

「よし、決まりだ」

ぽんと手を打って、休雲が黙兵衛と伊之助に体を向けてきた。

「さっそく引き渡しに行こうではないか。その前に――」

休雲が偽の聞左衛門にきく。

「おまえ、本名はなんというんだ」

「それをいったら、助けてくれるのか」

偽の聞左衛門がすがるようにいう、休雲があきれ顔になる。

「馬鹿か、おまえは。おまえの名にそれだけの値打ちがあるわけないだろう。いいたくなきゃ、一生黙っておけ」

「いう。いうから、情け心にすがらせてもらえんか」


本名は、希兵衛《きへえ》とのことだ。

「希みとは、また皮肉な名だの」

休雲が嘆息していった。

「そんなものはもう一切ないというのに」

その後、伊之助たちは今井町に向かい、希兵衛を尾崎慈兵衛に引き渡した。極刑に処すことを慈兵衛は約束した。

極刑というのがどんなものを意味するのか、伊之助はきけなかった。休雲のいった通り、鋸引きにされるのかもしれない。

哀れなものだ。また一人、水野忠秋に踊らされて命の灯を消す者が出てしまったのである。

「黙兵衛、これからどうするんだ」

今井町を離れてしばらくしたあと、休雲がたずねた。伊之助は、徐々に遠ざかってゆく今井町を振り返っては眺めていた。もう二度と訪れることのない町かもしれない。深い感慨に浸っていた。

黙兵衛の声が頭に入りこんできた。

啓西の残した蘭奢待の片割れを探すつもりでいる。

「なるほど」

休雲が思案するように顎をなでまわす。

「どこを当たる」

伊之助、どうしたらいいと思う。

黙兵衛が不意に振ってきた。伊之助は戸惑ったが、すぐに答えた。

「啓西が親しくしていた者をもう一度、片っ端から当たるべきじゃないかと、あっしは思います」

伊之助たちは奈良に戻り、妾のおりつや碁敵《ごがたき》の友垣を訪ねてまわった。啓西がいた金剛龍院の院主や他の僧侶たちにも話をきいた。

命より大事な物を託すとしたら、このくらいではないか。

伊之助はふと、金剛龍院の啓西の部屋を見たくてならなくなった。

しかしいきなり自分たちが申し出てもむずかしいだろうと考え、慈寛に一緒に来てもらった。

さすがに慈寛で、伊之助たちはあっさりと啓西の部屋を見せてもらうことができた。案内してきた僧侶は、なにも残っていませんよ、といったが、本当にそうだった。

残っているのは、分厚い碁盤だけだった。この碁盤になにか仕掛けがあるのではないか、と伊之助は思い、いろいろと調べてみた。

だが、なにも仕掛けなどなかった。ただの高級な碁盤だった。

「おかしいな」

休雲が部屋のなかを見渡していう。

「なにがです」

顔を向けて伊之助はきいた。

「碁盤はあるのに、碁石がない」

「そういわれれば、そうですね」

休雲がはっとする。

「碁笥ではないか」

「ごけってなんです」

「碁石を入れる木の器だ」

「ああ、わかります。確かに、物を隠すのにはちょうどいいかもしれませんね」

伊之助は休雲にならうように、部屋を見まわした。

「本当にありませんね」

案内してきた僧侶にもきいたが、申しわけないですが、とその僧侶は答えた。

「この碁盤ですけど、啓西のものでまちがいないんですね」

「ええ、それはもちろん」

「どこで手に入れたんです」

「馴染みの碁盤店でしょう」

「なんという店です」

「確か、黒白堂《こくびゃくどう》という店ですよ」

場所をきいて、伊之助たちはさっそく向かった。老体にむち打って慈寛もついてきた。休雲が危ぶむ顔をしていたが、慈寛に、おまえこそ足手まといになるでないぞ、と諭されていた。

「それに休雲、わしがおらぬと困ったことにきっとなるぞ」

「どういうことです」

休雲が問うたが、慈寛は笑って答えなかった。

「しかし住職、最近、本当に冴えていますね。感心します」

走りながら伊之助がいうと、休雲が照れ笑いした。こんな顔は珍しいから、伊之助はまじまじと見てしまった。

「ほめられるのはうれしいが、伊之助、本当に黒白堂になんらかの手がかりがあるかどうか、まだわからんのだからな」

「きっとなにかつかめますよ」

「わしもそれを願っている。黙兵衛もそうだろう」

黙兵衛が深く顎を引く。

もう日が暮れ、夜が自分の出番とばかりに幅をきかせはじめていたが、黒白堂はまだひらいていた。馴染み客が来ており、店主と話しこんでいたのだ。

伊之助たちが入ってゆくと、馴染み客は二言三言、店主と会話をかわし、残念そうに出ていった。

伊之助たちは啓西のことをさっそくきいた。

「あの、お客さんは、啓西師とどういうご関係ですか」

店主は、警戒の思いをあらわにしてきいてきた。

伊之助は黙兵衛の許しをもらって、説明できるところは包み隠さずに告げた。啓西の死も伝えた。

伊之助の言葉に店主が目をむいた。

「ええっ、啓西師が亡くなった。まちがいありませんか」

「ええ、残念ながら」

「なぜ亡くなったんです」

「殺されたんですよ」

「誰に」

「下手人はもうつかまりました。あっしたちがつかまえ、突きだしてきました」

「さようですか」

店主の顔には、畏敬の色が浮かんだ。

「わかりました。そういうわけならば、お見せしましょう」

いったん奥に姿を消した店主は、二つの碁笥を手に戻ってきた。

「これです。啓西師は、しばらく碁断ちをするから預かってくれといってこれを」

店主が伊之助たちに手渡す。

「桑でできた最高級の碁笥ですよ。啓西師は腕もよかったが、道具にも凝りましたから」

伊之助たちは碁笥の蓋を取り、なかをあらためはじめた。伊之助は白の入った碁笥、休雲は黒入りの碁笥を調べた。

「あった」

伊之助は、碁笥の底に、碁石でないものを見つけた。白い紙に包まれていて、少しわかりにくくなっていた。

伊之助は黙兵衛に渡した。黙兵衛が紙をひらく。

出てきたのは木片のようなものだ。蘭奢待、と休雲が口走りそうになり、あわてて口を押さえた。

「これはお借りしますぞ」

慈寛が黒白堂の店主にいった。

「はい、どうぞ」

伊之助たちは黒白堂をあとにし、黙兵衛の導きで、一本の路地に入った。

慈寛が懐から蘭奢待を取りだす。啓西の持っていた蘭奢待と照らし合わせてみた。

互いの切断面が、割符のようにぴったりとくっついた。

「黙兵衛、その包んである白い紙、なにか書いてあるな」

休雲が気づいていった。

うむ、どうやら書付のようだな。

「なんと書いてある」

休雲が声にだして読んだ。だいぶ暗くなってきているために、近くの煮売り酒屋の提灯を頼りにしている。

「なになに——」

我々四名は、東大寺を前にここに誓う。互いを信じ、守る。決して裏切らず、情《じょう》誼《ぎ》を重んじる。それができぬ者は、地獄の業火にきっと焼かれるであろう。四名の信義の証に、四片をそれぞれが持つものである。

そのような意味のことが書かれ、その下に四人の名が記されていた。

堀泉季綱、松平忠秋、金剛龍院啓西、福原屋五郎助。

「これは約定書だな。誓い状というようなものだな」

「四片というのは蘭奢待のことですね。でも、これでは蘭奢待を切り取ったという証にはなりませんよ」

「なるんだよ、伊之助」

ない。

「どうしてです」

休雲が、いいきかせる口調でいった。

「蘭奢待とは、東大寺とも呼ばれているからだ」

それにしても、と休雲が続ける。

「あっさりとこの約定を破りおって、水野忠秋の地獄行きは決まりだな」

その通りだ、と伊之助は思った。水野忠秋が地獄の業火に焼かれるのは、まちがいない。

これ以上ない証拠を手に入れ、伊之助たちは満足して明厳院に戻った。

明厳院の玄関には、見覚えのある大きな僧侶がいた。

「涛戒さん」

伊之助は敷石を走って近づいた。

「おう、伊之さん、元気そうだな」

涛戒はいったが、どこか顔が青い。

「どうかしたんですかい」

涛戒を見直して伊之助はただした。

「実はな」

こういうことがあった、と柳生の里での出来事を涛戒が全員に話した。

「荒垣外記……」

伊之助は黙兵衛に、何者ですかい、ときいた。

名だけはきいたことがある。もしかすると、柳生の正木坂道場で立ち合ったことがあるやもしれぬ。

「強かったんですかい」

人とは思えぬ強さだった。

「えぇっ」

驚き、伊之助は眉を曇らせた。もしかして、音無の旦那より強いのか。そんなことがあるものか。そんな者がこの世にいるはずがない。なにしろ音無の旦那は、六十人からの伊賀者をすべて屠った男なんだ。そんなことができる男より強い者がいるわけがないではないか。

伊之助は、これまで何度も思ってきたことを、今もまた思った。

「これを預かってきた」

涛戒が懐から文を取りだした。黙兵衛に手渡す。

「荒垣外記からだ」

うなずいて、黙兵衛が文の封を切った。一読してから、伊之助たちにも見せた。

『一刀石で待つ』

それだけが記されていた。

四

晴天にもかかわらず、朝日が射しこんでこない。

樹木が鬱蒼として、薄暗い。剣士が剣の稽古をするのには、これ以上ない格好の舞台と思える。外の音が一切きこえてこないのだ。

「これが一刀石ですかい」

真ん前に立ち、伊之助は見つめた。

真んなかを境に、巨岩がきれいに真っ二つになっている。

これが人間業とは、とうてい信じられるものではない。

「雷かなにか、自然の力によるものじゃろうなあ」

休雲が明るい声でいう。できるだけ陰気になるまいとしているようだ。

「しかし、荒垣外記という男はどこにいるんだ」

「さいですねえ」

伊之助は同意し、腰の刀にそっと触れた。荒垣外記は十数名の家臣らしい者を連れてきていると涛戒がいった。そのために、伊之助はその家臣たちを引き受けられるものなら、と思って刀を差したのだ。

慈寛と初美も姿を見せている。初美は誰もがとめたが、一緒に行きますといい張って決して折れなかった。

黙兵衛が、荒垣外記も女には手だしはするまいということで、連れてゆくことを了承したのだ。


この場にやってきてから、半刻ほどすぎた頃だろうか、伊之助は冷たい風が吹き渡ったのを感じた。

どこからか。まわりの木々はまったく揺れていない。

なんだろう、これは。

こんな大事なときに風邪を引いてしまったか。

「寒いな」

休雲がいい、袈裟の前をかき合わせた。涛戒も体を震わせている。初美も同じだ。慈寛も風は感じているようだが、寒いとは思っていないらしい。

とにかく風が吹いたと思ったのは、自分だけでないことを伊之助は知った。来たようだ。

黙兵衛がつぶやく。鉢巻に襷《たすき》がけをし、袴の裾をからげた格好をしている。なんて凜々《りり》しいんだろう。

こんなときだが、伊之助は見とれた。もっとも、自分も同じ姿になっている。

一人の侍がやってきた。寒風のような厳しさをまとっている。伊之助はごくりと息をのんだ。うしろに続いている黒ずくめの者たちが荒垣外記の家臣だろう。

侍が手で家臣たちをとめ、一人、前に出てきた。

「音無黙兵衛。いや、菅郷四郎《ごうしろう》」

朗々たる声で呼びかけてきた。

「よく来た。おぬしには正直、なんのうらみもないが、討たねばならぬ」

おや、と伊之助は思い、見つめた。この前、黙兵衛を襲ってきた柳生の岡西佐久右衛門のせがれと思える若侍が、荒垣の家臣たちにまじって立っている。黒ずくめの家臣たちのなか、一人だけ格好がふつうだ。文字通り、烏《からす》の群れの鶴と化している。

父親の仇を討ちに来たのか。やはり侍なんだな。

眉根を寄せて伊之助は思った。

「音無黙兵衛、家臣を引き連れてきたが、わしはつかう気が失せた。おぬしがもしわしを倒しても、家臣たちは手だしをせぬ。おぬしも家臣を殺さぬと誓ってくれい。わしが勝った際、おぬしの仲間には手だしせぬゆえ」

伊之助、頼む。

黙兵衛にいわれ、承知した、と伊之助は大声で荒垣に返した。

「恩に着る」

さらに荒垣が出てきた。

「菅郷四郎、やるか」

荒垣の声には張りが感じられる。歳は五十をいくつかすぎたくらいだろう。声はずっと若い。

「わしは長いこと、おぬしとやり合うだろうと知っていた。念願だった。念願がかなってわしはうれしくてならぬ」

荒垣が鉢巻をし、手際よく襷がけをした。着物の裾をからげる。

「支度はできた。菅郷四郎、はじめようではないか」

じっと床几に座っていた黙兵衛は、すっくと立ちあがった。

では行ってくる。

そこにいる全員に告げ、無造作に歩きだした。

「一刀石で待つ、と書いておいたのに、待たせてすまなんだ」

荒垣が黙兵衛に謝った。黙兵衛は当然のことながら、なにもいわない。

「ふむ、本当にだんまりなんだな」

楽しそうに荒垣がいって、刀をすらりと抜いた。

げっ、本当にできる。しかも本物中の本物だ。

涛戒が赤子のごとく扱われたといっていたが、伊之助は掌中にしたようにそのことを解した。

黙兵衛も抜刀した。伊之助は緊張が頂点に達した。体が震えだしそうだ。

音無の旦那ぁ。がんばってくださいよ。

これまで何度も同じことを考えたが、すべて黙兵衛は乗り越えてくれた。今度もまた同じであると信じた。

黙兵衛と荒垣は正眼に構えた。

どちらもまったく身動きしない。

遣い手同士の戦いは、仕掛けたほうが不利になるという。

それがわかっているから、二人とも動けない。

だが、どちらかが仕掛けない限り、勝負はつかない。

この場合、果たし状で挑んできた荒垣のほうが仕掛けてくるだろうか。黙兵衛に、先に仕掛ける益はない。

また風が吹いてきた。冷たい。夏のものとは思えない。

伊之助は寒けを覚えた。いったいこの風は、どこからやってきているのか。

強いな。

正直なところ、外記は内心、目をみはっている。

ここまで強い男には、これまで出合ったことがない。

なるほど、岡西佐久右衛門が一刀のもとに倒されたのも納得がいくというものよ。

しかし、わしのほうが強い。実力は紙一重の差にすぎぬが、わしのほうが菅郷四郎を上まわっている。

楽しい。楽しくてならない。ここまでぎりぎりの勝負ができるとは考えていなかった。

どんな強い相手とやり合っても、命に危険が及ぶなどということは、決してなかった。

だが、今はちがう。下手をすれば、ここで生涯を終えることになる。

しかしそれはあくまでも、下手をすれば、だ。

わしは下手など打たぬ。それだけの鍛錬をこれまでしてきた。刀はわしの体の一部と化している。

思い通りに動かすことができる。菅郷四郎、今から斬り刻んでやる。

外記は体の芯から燃えあがっているものを感じている。熱くてならない。この炎が消えるのは、菅郷四郎を倒したときだ。

行くぞ。

先に仕掛けた者のほうが不利になる。定石ではその通りだが、そんなものはくそ食らえだ。

外記は上段に振りあげた刀を一気に振りおろした。

予期した通り、郷四郎は刀を合わせず、横にかわして、胴に振ってきた。

外記は軽々と避け、逆胴に打ちこんだ。これを郷四郎はよけて、踏みこみざま袈裟斬りを見舞ってきた。

着物をかすめるぎりぎりで見切った外記は、逆袈裟に刀を振りあげた。

郷四郎が体を反らして、刀をやりすごす。刀を反転させ、外記は袈裟斬りを落としていった。

郷四郎が右に動いて、胴に刀を振ってきた。外記は姿勢を低くした。風が髷《まげ》を飛ばさんばかりの勢いで通りすぎてゆく。

目の前に郷四郎のがら空きの胴がある。そこを狙って、外記は刀を逆胴に振り抜いた。

だが、手応えはなかった。郷四郎はうしろに下がって避けていた。

だが、その動きを外記は狙っていた。つけいるように前に進み、袈裟に刀を振りおろす。

郷四郎が今度は左に動いた。逆胴に振るってくる。

外記は刀の峰で受けた。下手に刃で受けると、刀が斬れなくなる。峰で受けるのは、当たり前のことにすぎない。

がっちりと受けとめた外記は力をこめて郷四郎を押した。

だが、郷四郎は大黒柱のように動かない。

ほう。

外記は感嘆した。これまで外記の押しに耐えた者は一人もいなかった。押すのは力ではない。技だ。

郷四郎も同じような技量を誇っているというわけだ。

うれしいぞ、菅郷四郎。

外記は涙が出そうだ。こんなに楽しい勝負ができるとは。

わしのこれまでの人生がどうにも物足りなく感じられたのは、つまらない勝負しかしてこなかったからだ。

世の中、こんなに楽しいことがあったのだ。

五十四まで生きてきたが、長生きしてみるものだ。もっと長く生きれば、もっと楽しいことがあるだろうか。

あるかもしれぬが、これほど楽しいことには、二度とぶつからないのではないか。

かたじけないぞ、菅郷四郎。この世に生まれ出てくれたことを、わしは心から感謝する。

外記は喜びによって、体から余分な力が抜けたのがわかった。

刀のはやさが増す。郷四郎はしかし平然とかわし、打ち返してくる。

郷四郎も刀を受ける際は、峰をつかっている。

外記はさらに刀をはやくした。爽快だ。こんなに気持ちのよいことが、この世にはあったのだ。

外記は刀を次々に繰りだした。自分が千手観音になった気分で、さまざまな角度から刀を振るった。

郷四郎の動きと刀が、わずかずつにぶくなってゆく。

ぶつ、という音を外記の耳がとらえた。郷四郎の着物が破れたのだ。かすかに血のにおいがしている。

ついに外記の刀が郷四郎の肌を切り裂いたのだ。

よし、この調子だ。

心中でにやりとして外記は刀をさらに振った。振りに振った。これまで刀を振る時間だけは惜しんだことがない。

だから、刀を振ることで疲れを覚えるはずがない。

外記は、すでに郷四郎の姿を見ていなかった。ただ、刀が動きたい方向に腕を向かわせているにすぎない。そこには必ず郷四郎がいる。

外記はなおも刀を振るった。郷四郎は反撃に出てこない。ひたすら受けにまわっている。

わしの隙をうかがっているのか。無理ぞ、郷四郎。わしに隙などできぬ。そんなことは、すでにわかっているのではないか。

外記は刀だけでなく、足の運びもつかうことにした。これまでつかっていないことはなかったが、郷四郎に命を奪う傷を与えられないことから、足さばきがまだ足りないことを覚ったのだ。

再び郷四郎を視野に入れた。郷四郎の体の動きを把握しつつ、常に裏を取るように心がけた。

さすがに菅郷四郎だけのことはあって背中を取らせてはくれないが、ときおりがら空きの横腹が見えるときがある。

そこを狙って刀を打ちこむ。だが、郷四郎には余力があり、避けてみせる。しかしそこから反撃には移ってこない。疲れがあるのではないか。

それとも、そういうふうにわしに見せているだけか。芝居にすぎぬのか。疲れたと見せかけて、わしが大技をつかったとき、一気に反撃に出てくるのか。

それもおもしろい。郷四郎がそんなことを考えているのなら、それをこちらが利してやろうではないか。

外記は袈裟に刀を振り、さらに逆胴に刀を打ちこんだ。返す刀を逆袈裟に振りあげる。郷四郎の足が滑り、肩が右に流れる。

外記は罠《わな》かもしれぬのを承知で踏みこみ、突きを繰りだした。

郷四郎が体をひねり、突きをかわす。そこから蛙のように跳びあがり、刀を逆胴に振るってきた。

もし罠と考えていなかったら、外記はここで息絶えていたかもしれない。

だが、外記は郷四郎の攻撃をはずし、上段から刀を打ちおろした。

郷四郎があっという顔をする。声がきこえたのではないか、とすら思えた。

郷四郎は峰で受けていたら間に合わないと知り、柄《つか》で受けてみせた。

なんとしぶとい。

外記は再び感嘆した。感嘆せざるを得ない。これだけのしぶとさを持つ者など、日本には二人とおらぬのではないか。

外記はまた刀を激しく振るいはじめた。この郷四郎のしぶとさを打ち破るのには、刀のはやさで上まわるしか道はない。

外記は刀を旋回させ、矢継ぎ早に斬撃を見舞っていった。

郷四郎はいたるところに傷をつくりはじめた。血が流れ出ているが、郷四郎には勝負を捨てようという気はないようだ。それははっきりと外記には伝わってくる。

郷四郎は勝つ気でいる。

しかし、わしにどうやって勝つというのだ。

わしのほうが強い。それは郷四郎も認めているはずなのだ。

だが、郷四郎は執念を面に浮かべている。その思いは強まりこそすれ、弱まることはない。

郷四郎っ。

外記はうなり声をあげた。目を細めてにらみつける。

汗も出てきている。くそっ。目にしみる。戦いにくい。

郷四郎は汗をかいていない。くそう、どうしてやつは汗をかかぬ。

外記は刀を振り続けた。しかし、郷四郎に傷をつける回数が減っている。

見切られている。

まずいぞ。

しかも、目がかすんできた。どうしてだ。日が陰ったからだ。雲が出てきたのか。

ちらりと見あげる。一片の雲でしかない。すぐに空は晴れる。また日は戻ってくるだろう。近目だから、暗いところはどうも駄目だ。はなからここ一刀石を決闘の場としなければよかったのかもしれないが、なにしろ秘策をつかえるのだ。

秘策か。

外記は少し焦りはじめている。疲れはないが、足がやや重くなっている。これは江戸からの強行軍のためではないか。

家臣たちをつかうか。郷四郎に全員、斬り殺されるだろうが、そのあいだ休んでいられる。

駄目だ。そんなことをしても、休めるのは一瞬にすぎない。足の重さは決して消えないだろう。

どうすればいい。

やはり秘策をつかうしかあるまい。

一刀石の位置を目で確かめる。

よし、あそこか。

空は晴れ、太陽の姿が木々の茂みを通して見えてきた。

もうどのくらい戦い続けたのか。ほんの数瞬のような気もするし、もう数刻も刀を振るい続けているような気もする。

後者に近いか。太陽が見えるところまでのぼってきたということは、かなり長いこと、やり合っているのだ。

よし、やるぞ。けりをつけてやる。

外記はそろそろと一刀石のほうに動きはじめた。

汚い手だといわれようが、わしは勝たねばならぬ。

刀を打ち合いつつ、外記は郷四郎を自らが願う位置へと誘いこむことに神経を集中した。もう少しだ。あと半間ほどで、郷四郎は死地に立つ。

あとすこし。あと一尺だ。焦るな。焦って覚られたら、つまらぬ。

外記はじりじりと郷四郎を動かし続けた。

よし、やった。

郷四郎はついに、外記の願う位置に入った。

行くぞ。

外記は刀を八双に構えた。

むっ、と郷四郎がまぶしそうにしたのが見えた。

外記の刀に日が当たり、そのはね返りが郷四郎の目を射ているのだ。

外記はその機を逃さず突進した。今、郷四郎には外記の姿は見えていないはずだ。

死ねっ。

外記は上段から刀を存分に振りおろしていった。

どうしてか黙兵衛の様子がおかしい。

伊之助はこれまでもはらはらし通しだったが、今、その思いは頂点に達した。

黙兵衛はまぶしそうにしているのだ。

「刀で光を操っていやがる」

涛戒がいった。

「あの場所に黙兵衛を誘い込みやがった。この刻限に、あの場所に日が射すことを知っていたんだ」

涛戒は、今にも出ていきたげな顔つきをしていた。しかし、なんとかこらえている。黙兵衛を信じているのだ。

「あっ」

伊之助は声をあげてしまった。外記が突進をはじめたからだ。

あっという間に間合がつまり、外記が上段から刀を振りおろした。

一刀石を黙兵衛は背にしている。惚けたように動かない。光に目をやられてしまっているのか。

殺られた。

伊之助が目を閉じかけた瞬間、黙兵衛が跳びあがった。

「あっ」

休雲が声を放った。

外記の上段からの斬撃のはるか上をゆく高さに、黙兵衛の体はある。

「天狗だ」

そんな言葉が伊之助の口をついて出た。

跳躍することで外記の刀をかわした黙兵衛が、鷹と化したように外記の懐めがけて突っこんでゆく。

なにっ。

外記は狼狽した。

いきなり郷四郎の姿がかき消えたからだ。

どこに行った。

しかし見えない。

あっ。上から気配が伝わってきた。だが太陽のために、郷四郎の姿は見えない。

ええい、ままよ。

引き戻した刀を外記は郷四郎の気配に向かって突きだした。

手応えがあった。だが、軽い。軽すぎる。

次の瞬間、外記は自らの体を引き裂く風の音をきいた。

斬られたはずだが、痛みはない。血が噴きだすのがわかった。

ああ、なんて気持ちいいんだ。

外記は噴きだす血の音が、風にそっくりなのに気づいた。噴きあがった血が、自らの体に降りかかってくる。

冷たい。冷たいぞ。血はあたたかなはずなのに、どうしてこんなに冷たいのだ。

くそう、やられた。

郷四郎め。やつも太陽のことを知っておった。

天狗が斬られかけた一刀石で、わしは天狗に斬られたのか。

意識が遠のく。冷たい風は吹きやまない。

吹きやんだときが、わしの命の火が消えるときだろう。

およし。

名を呼んだ。死ぬ前に一目会いたかった。

今、どこにおるのだ。

やった。

伊之助は大声をあげた。

外記の体がぐらりと揺れ、ついに地面に倒れ伏した。まるで切り倒された大木のように、地響きが起きた。

伊之助は走りだした。黙兵衛を守らなければならない。

なにしろ、荒垣外記の家臣たちが前に出てきたからだ。明らかに黙兵衛を殺そうとしている。

「約束がちがうぞ」

伊之助は十五名ばかりいる荒垣家の家臣に向かっていった。

「約束とは」

年長の家臣が伊之助にきいた。

「おまえらの殿さまは、どちらが勝っても負けても手だしをしないといったじゃないか」

「約束を破る気はない」

家臣がはっきりと告げた。

「我らは、ただ、殿のご遺骸を引き取りたいだけにござる」

「えっ」

「この上なく厳しい殿にござったが、我らを大事にしてくれたのは紛れもない事実。江戸にご遺骸を持ち帰り、菩提寺に葬りたく存ずる」

「それはよい考えですね」

伊之助は、ほっとしていった。

「ではよろしいのだな」

家臣が確認を求めてきた。

「むろん」

「ありがたし」

家臣が羽織を取りだし、荒垣外記の死骸をていねいに包んだ。それを一人が背負う。死骸を背中に背負っても、びくともしない。

本当によく鍛えられていたのが、はっきりとわかる。

「では、これにて」

黒ずくめの家臣たちが歩きはじめる。あくまでもきびきびとした動きだ。葬列のような重苦しさはない。

このあたりは、と伊之助は思った。きっと荒垣外記の教えなのではないか。

五

ああ、楽しい。

およしはうれしくてならない。

夢とはいえ、外記が会いに来てくれたからだ。馬の背に揺られながら、うたた寝をした。そのとき外記があらわれたのだ。

うれしい。うれしい。

もうじき会える。外記さまはもう柳生に着いていらっしゃるはず。

きっと私を待っていらっしゃる。

はやく本物に会いたい。

ただ、少し心配がある。外記が音無黙兵衛に勝てるかどうか。

いいえ、そんなのは杞憂にすぎないわ。外記さまが負けるはずがない。

あと七日ばかりで、外記さまに会える。

楽しみでならない。一日一日がとても長く感じられるが、一日の終わりである日暮れを目の当たりにするのが、喜びでもある。

外記さま、とおよしは目の前に引き寄せた面影に呼びかけた。

私は今、とても幸せよ。

およしは、いとおしげにおなかをなでた。

ああ、はやくお知らせしたい。外記さまはどんなに喜んでくださるだろう。


不安は消えない。

飯岡屋仁ノ助は、いやな予感にまとわりつかれている。

荒垣さまは本当に大丈夫なのか。

きっと大丈夫に決まっている。

そうは思うものの、音無黙兵衛について、不吉な思いしか浮かんでこない。

あの男は水野忠秋にとっては疫病神だが、もしや荒垣さまにとっても、同じなのではないか。

もしそうなら、荒垣さまはどうなってしまうのか。

荒垣さまなら、疫病神を追い払ってくれると思う。それに大望がある身だ。

負けるはずがない。

だが、仁ノ助から不安は消えてなくならない。百万両を目の前に積まれても、この胸騒ぎが消えることはないだろう。

ついに見ちまった。

博造《ひろぞう》は胸が痛い。

外記が死んだ。見まちがいではない。

音無默兵衛に殺られたのだ。

ついに音無默兵衛の最高の戦いを目の当たりにすることができた。

横山《よこやま》佐十郎《さじゅうろう》との戦いこそが、默兵衛の戦いでは一番すごかったと思っていたが、今、目の前で行われた戦いは、横山佐十郎との戦いを凌駕するのではないか。

この勝負を見ることになったのは、ただの偶然だ。奈良にはなんとなくやってきたにすぎない。大仏を見るつもりだった。その後はお伊勢参りに行く気でいた。

だが、途中、默兵衛と伊之助の二人と出合ってしまったのだ。

默兵衛は、わしが息をのむほどびっくりしたことに気づいたかもしれないが、伊之助はまったくわかっていなかった。あの男は相変わらず甘さを残している。

出合ってしまった以上、博造は予定を変更した。

あるいは、と思う。二人に出合ったのは偶然ではないのではないか。きっとそうなのだろう。最後まで見届けろという、神さまか仏さまの導きにちがいない。

しかし、すごいものを見せてもらった。

当分、この興奮はおさまらないだろう。

殿中なのはわかっている。

だが、眠気に勝てない。

いけない、いけないと思いながら、水野忠秋は眠りに引きこまれてしまった。

うなり声をきいた。

自分の口から発されたものだ。

悪夢にうなされている。

縁起でもないが、自分が一刀両断に斬り殺される場面だった。

冗談ではないぞ。どうしてあんな夢を見なければならぬ。

しかし、今夢にあらわれたのは、いったい誰なのか。

なんとなくだが、音無黙兵衛のような気がした。

そんなことはあるまい。音無黙兵衛は荒垣外記が殺してくれる。今頃、殺したかもしれない。朗報を待つだけだ。楽しみでならない。黙兵衛が死んだという知らせをきいたら、どんなにすっきりするだろう。

一刻もはやく、その瞬間を手にしたくてならない。

六

「音無の旦那、本当に江戸へ一人で行かれるんですかい」

そうだ。

明厳院の門前で黙兵衛が答えた。

「あっしも連れていってください」

駄目だ。

「どうしてですかい」

どうしてもだ。

「ここまで一緒に来て、駄目っておっしゃるのはおかしいですよ」

俺と一緒に来れば、おまえは血にまみれるだけだ。それでもよいのか。

いいです、といいかけた。だが、いえないものが伊之助のなかにあった。

伊之助。

黙兵衛が呼びかけてきた。

おまえには守るものがある。

「伊之助、行かせてやれ」

伊之助を慈愛の目で見て休雲がいう。

「住職までそんなことを」

「いいか、伊之助。人生にはいつか必ず別れがやってくるものだ。それが今日なんだ」

「そんな」

伊之助は情けない声をだした。

「伊之助、いつまでも子供みたいなことをいっているんじゃない」

「あっしは駄々なんてこねてませんよ」

「こねてるだろうが」

「あっしは音無の旦那と別れたくありませんよ」

「黙兵衛だって、同じさ。だが、心を鬼にしていっておるんだ。伊之助、その気持ちを汲《く》んだらどうだ」

「でも――」

「でもじゃない。いいか、ここで別れても、いつかまた会える。その日を楽しみに待てばいいじゃないか」

「でも」

「おまえは、でも、しか言葉を知らんのか」

伊之助。

黙兵衛が穏やかに呼んだ。

戯作を完成させろ。

「あっ、はい」

完成したら、俺は必ずおまえに会いに来る。

「本当ですかい」

俺は嘘をつかぬ。

「はい」

黙兵衛が穏やかな顔で、伊之助、初美、休雲、涛戒、慈寛の顔を見てゆく。

ではまいる。
旅姿の黙兵衛が体をひるがえす。大股で歩きだした。
音無の旦那、そんなにはやく歩かなくてもいいのに。
黙兵衛の姿がどんどん小さくなってゆく。
音無の旦那、健脚すぎるよ。
伊之助の目から涙があふれた。
馬鹿、こんなときに出てくるなよ。旦那の姿が見えにくくなっちまうじゃないか。
「音無の旦那」
伊之助は手を大きく振った。
黙兵衛が気づき、振り返してくれた。
伊之助、息災でいろ。
黙兵衛の声が届いた。
今のはもしかすると、と伊之助は思った。本当に音無の旦那の声じゃないのか。
「ねえ、伊之助さん」
初美がいった。
「今、きこえたでしょ」

「ああ、きこえた」
伊之助は涙声で答えた。
「よかった、私だけじゃなかった。黙兵衛さん、私たちに最後にきかせてくれたのね」
伊之助はまた黙兵衛に目を向けた。黙兵衛の姿はもう見えなかった。
幻みたいな人だなあ。
黙兵衛とすごした日々が、本当にあったことなのか。
あったに決まっている。
伊之助は手のひらをひらいた。そこには蘭奢待がある。これは本物だ。
それに、と伊之助は思った。初美がそっと手を伸ばしてきた。
伊之助は握り返した。
このあたたかさとやわらかさ。紛れもなく本物だ。
これも音無黙兵衛と出会えたからだ。

この作品は２００８年７月中央公論新社より刊行されました。

徳間文庫

無言殺剣

柳生《やぎゅう》一《いっ》刀《とう》石《せき》

2017年5月15日 初刷

著者 鈴《すず》木《き》英《えい》治《じ》

発行者 平野健一

発行所 東京都港区芝大門二―二―二 〒105―8055
株式会社 徳間書店

電話 編集〇三(五四〇三)四三四九
販売〇四八(四五一)五九六〇

振替 〇〇一四〇―〇―四四三九二

印刷
製本 株式会社 廣済堂

ISBN978-4-19-894232-8 (乱丁、落丁本はお取りかえいたします)

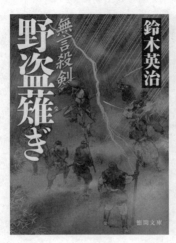